春潮NOV+

回　
　　到
分　
　　歧
　　　　的
　　路
　　　口

禁止抒情

宿颖

著

中信出版集团 | 北京

图书在版编目（CIP）数据

禁止抒情/宿颖著. -- 北京：中信出版社，
2024.1
ISBN 978-7-5217-6056-9

Ⅰ.①禁… Ⅱ.①宿… Ⅲ.①短篇小说—小说集—中
国—当代 Ⅳ.①I247.7

中国国家版本馆CIP数据核字(2023)第192121号

禁止抒情

著　　者：宿　颖
出版发行：中信出版集团股份有限公司
　　　　　（北京市朝阳区东三环北路27号嘉铭中心　邮编　100020）
承 印 者：河北鹏润印刷有限公司

开　　本：880mm×1230mm　1/32　　印　张：6.75　　字　数：70千字
版　　次：2024年1月第1版　　　　　印　次：2024年1月第1次印刷
书　　号：ISBN 978-7-5217-6056-9
定　　价：49.80元

A fiction is a fiction is a fiction.

目 录

主
动
权

王菲菲想着无论如何也要见医生一面，不是以看病的形式，而是能在医院之外见。她最初问我该如何约医生出来的时候，我还以为她的意思是要约他，但又不让他误会是有别的意思。我给建议时，措辞尽力避免表露出这事还可以有别的意思，以免显得我对人家的事有过分八卦的关心，再有她之前找我倾诉，多是人家追她她避之不及这类的事。

她两个月前体检查出自己生病，紧急做了个手术。她一开始只对我说过她出院那天加了医生的微信，经常线上询问一些有关术后恢复的问题。对方几乎每次都给了详尽的回复，可她不听。不听还要问，问了还不听。说到这儿我就应该看出问题了，但当时我没有。我想我没有看出问题还有一个原因，那就是王菲菲她自己也没有。如果你问了人家的意见又不听，你为什么还要一而再再而三地去问呢？

　　她在医生他们科室就是"那个不吃药的患者"，就像她是学校里那个不写作业的学生，是家里那个总挑食的孩子。这里面有无奈有抱怨更有宠爱，一个人能这样，是因为她被允许这样。王菲菲自己也不否认她总是那个被偏爱的人，相反，她还能自然而然地说出这一点来。每当她说到这里，就像在说"地球是围绕着太阳转的"或者"植物是通过光合作用获取能量的"，平静、客观且自信。而在一旁看着的我总在心里暗自惊叹，我惊讶于，一个人什么都没做就会被喜爱，这合理吗？

　　王菲菲第一次约医生吃饭的时候，医生说不用这么麻烦的，有事微信上说就行。这种客气的回复合情合理，你提出请客答谢，对方自然会推辞，人家立即答应了才奇怪。但王菲菲很受伤，也很犯难，来问我该怎么办。这时我才知道她约医生吃饭，并非为了答谢那么简单。

她甚至就没想着要谢他。她以为约医生出来，对方一定是会答应的。她甚至都懒得搞礼仪礼貌那一套，就直接说：出来吃个饭吧。我不知道是不是你跟一个人越熟，说话就会越简短。所有的潜台词你们都已知，只需要丢出那个最关键的信息。可最关键的话总是最难说的，一切都需要一个过程。何况他们还没有那么熟，他们还是医生和患者。我问王菲菲为什么你问得好像你们已经很熟了一样。她说她也不知道他们算不算熟，于是给我讲了他们认识的过程，让我帮她判断判断。

当时体检结果一出来，王菲菲就被告知需要挂某位专家的号来安排手术相关事宜。当天的号都挂满了，她苦守一天等到了临时加号，终于在下午四点进了专家诊室。专家建议她马上入院准备手术。这时专家的一个学生，也就是王菲菲现在天天挂在嘴边的"医生"出场了。他帮她填了入院手续，一遍遍解答王菲菲这个之前几乎从不进医院的人的弱智问题，为了能赶上当天入院，他还几经辗转联系找到了一个已经下班的工作人员，最终帮王菲菲完成了全套手续。王菲菲当即就觉得眼前的小伙是一个真正关心患者的聪明实干型医生，一个有耐心有爱心的人。

王菲菲说手术前后她全是蒙的，一来平时生活中完全没有感觉到身体有任何异样，怎么突然就要上手术台了，二来主治医生把手术的风险、可能的后遗症说得非常可怕……还好时间不容她胡思乱想，第二天就进行了手术，并且十分顺利。而在术后住院的十多天里，王菲菲才有时间琢磨为什么命中遭此一劫。但这种事情哪有答案，她就在虚弱和低烧中默默承受着身体和心理的双重打击，加上病房的陌生环境，她整晚整晚都睡不踏实。直到一天年轻医生来查房，她闭着眼睛假装睡觉，但能感觉到医生在她身边停留了好一会儿，她睁开眼，果然是他。他轻声问她有哪里不舒服吗，她摇头，医生对她说继续睡吧，她居然就像被施了魔法一般沉沉睡去。从此，他们仿佛形成了一种默契，医生就像是知道她在等着他的一句安慰一样，每次值班都来看看，医生走了她就能立刻入睡。她还补充说，她观察了，医生对别的患者不这样。

听王菲菲叙述到这儿，暧昧的气息立刻涌上来，我眼前是曾经拔智齿的时候贴在脸上的白大褂的质地。如果是这样，那医生应该是对王菲菲有意思吧。患者喜欢上医生很常见，原来医生也能喜欢上患者。她给我讲完又加了一句，这是她的个人感受，也不知道客观事实是不是如此。我对她说，相信你的直觉。

"那为什么约他他不出来呢？"

"可能他就是先客气客气？"

"我也没跟他客气啊。"

"或许这就是问题所在，你没按套路来。你应该先和他客气：先说明来意，这次吃饭是为了感谢他一直以来的照顾；再表明诚意，说之前你太担心自己的身体了，所以没有考虑太多，在微信上问了他很多问题，占用了他太多私人时间，现在意识到了，希望能有一个机会来表达歉意和谢意，不然心里过意不去。"

我想，话说到这份儿上，医生只要是不讨厌她，都会答应的吧。王菲菲觉得这不是她，她说不出口。我也知道这是一堆废话，可是谁每天不是说一堆废话呢。长大成人，学的不就是这个。往好了说这叫同理心，叫负责任，叫在一个安全距离上释放好意。如果医生真的有意，也就是说王菲菲在病房里深更半夜半梦半醒状态下感受到的都是真的，那么她大可以随便问，想怎么约就怎么约，但不是还有一半可能性，那不是真的吗？这话我没有直接对王菲菲说，就告诉她，这样约准没错。

　　几天过后，王菲菲告诉我她还是说不出口。她就不可能说出那样的话。她自认为是一个直来直去的人，事实也确实如此。她又直着问了一遍医生什么时候有时间一起吃饭。医生说最近不行，有点忙，她就回说等你不忙了找我。这里先插一句，经她分析医生说的应该不是托词，他的确很忙，又要看门诊又要守病房，还要做手术、值夜班急诊，还要搞学术。有一次医生没有回她的消息，她为此很生气，后来了解到年轻医生普遍忙到没有个人时间，她又觉得自己对人家不好，给人增添负担、让人受委屈了。但这些也就罢了，重点是，她居然回了"等你不忙了找我"？！

"你真的是这么回的吗？'等你不忙了找我'？"

"是啊。"

"你真的觉得他会找你吗？"

"？"

"你为什么会觉得他真的会找你呢？"

"因为我说了啊。"

我快要被她气死了。我告诉她，在我们成年人的世界里，你这样等于说，那就这样吧。大家都默认被邀请的一方通常不会主动提起邀约，所以你这就是委婉表示这事到此为止了。王菲菲接受起这个逻辑来可能还需要点时间，谁叫她以前都是被邀约的角色。被约的人从不主动，但却是实际掌握主动权的人。这个世界真不公平。

她的话都已经发出去了，那就先这样吧，我让王菲菲过段时间再主动问一遍医生，当然，前提是她仍然想见他，需要吃这个饭。她又说也不一定吃饭，那样面对面会很尴尬，最好能一起散个步什么的。我说我们成年人好像不太有这个选项。别看我总是这样说，王菲菲和我同龄，只是她不接受（没机会学习）我们日常生活中的这套规则。我偶尔也会羡慕她，在羡慕中甚至产生了自怜的情绪，我怎么就学会了这些明的暗的规则，谁不想一直被宠着？

那些喜欢王菲菲的男孩子，她一个都不喜

欢。她选人有自己的标准,其中最重要的一条是能陪她玩,并且是按照她要的方式玩。比如和她一起踩雪一起淋雨,比如不论时间地点陪她吃到她想吃的美食。这是很简单的标准,也是很难的标准。我要是男的,也未必做得了她男朋友,因为我觉得雨雪天气就应该待在室内,我觉得没有什么东西是一定要吃到的。总之她的标准在我看来既不必要也不充分。那些追她的男孩子,也能为她做这些,起码声称能为她做这些,她为什么还是不喜欢呢?她顿了一秒,说反正就是不喜欢。她反问我我的标准是什么,我说这很难说,大概就是知道了我是什么德行还愿意和我待在一起?这当然也是陈词滥调,不比什么一起踩雪一起淋雨强,但我觉得了解还是挺重要的,如果你不了解我,怎么知道和你在一起的是"我"呢?说到这里,简直不知道我俩谁更自我一些,一个要无条件的陪伴，一个要无障碍的了解，总之都够贪心的。王菲菲说这怎么就是贪心了，人应该有标准。

王菲菲秉持着她的标准，已经平静而快乐地单身了好几年。这个医生，对于她来说意味着什么？毫无疑问，他是一个特殊的，或者说被她特殊化了的存在。那么多向王菲菲表示过关心的人她都不放在心上，唯独对这个医生感兴趣。在那么多患者中，也唯独王菲菲获得了医生的特别关心。那么这个特殊性又是哪来的？难道就像一场大病降临一样随机？

前阵子我在地铁上加了一个小哥的微信，事情是这样的。我经常在上班的地铁上遇见他，他在我上车后的第三站上车，然后我们一路一起坐到底，在接近终点站的地方下车。在我们那一站有许多大大小小的互联网企业，虽然至今我也不知道他是哪家公司的，但这不重要。一开始我发现他会瞟我，我知道我们每天都上班，每天都坐这个时间的地铁上班，每天又都在固定的车厢，所以几乎每天都能见到……So what？要不是去上班，大家何至于被困在这拥挤的车厢里。我猜当他看我的时候我的脸一定很臭，有谁是一大早高高兴兴去上班的呢。但后来我瞟到他的时候发现他还是会看我，我看书的时候、我刷手机的时候、我接电话的时候……到底是他在看我，还是我看到他的时候他察觉了所以看我？事情到后面就很难说清楚了……总之我们见到彼此开始打招呼了，成了点头之交。再后来，下了车去往不同的出站口之前我们会道个别，比点头之交更进一点，但也只是那么一点。而这中间的大段时间里，从上车见面到挥手道别之间，我们还是挤在人群中各干各的事情（各刷各的手机），没人说过一句话。

在感情经历上，我和王菲菲差不多正相反。人近中年好像突然开始被人喜欢，我一时也闹不懂是怎么回事。小哥是帅的，差不多是整间车厢里最帅的一个。一开始我无动于衷，是因为这种长相的人通常和我无关，所以我也就或主动或无意识地把他排除在自己的视线之外。这么好看的一张脸，一见到你就会条件反射一样地笑起来，在这个世界上，还有比这更美好的事吗？我从没感觉到自己如此有价值过。年轻人的好处是，他心里的想法都写在脸上写在眼睛里，如此简单直接，即使他一句话不说。如果上这个址还有一点好，那就是每天能见到他，即便见到他对我来说也是小小的负担，我不知道，可能就是这种比陌生人近一点点的距离，你总是有点不知道该怎么应对才合适。

我离职的那一天，那天早上我决定，如果能见到小哥就去加他的微信。想着自己再也不会在这个时间坐这条地铁线了，以后就再也见不到小哥了，起码要和他说一声。但到底要不要加微信呢？他怎么从来没来要过我的微信呢？他就不怕有一天，我不再出现在这趟地铁上吗？总归是我这边先有变化的，我感到自己起码有点责任要告知对方一声。那要不要加微信呢……最终让我下决定的是这样一个想法，我想到我微信里有各种客户、工作伙伴、合作方、销售、快递、物业，认识的不认识的、喜欢的讨厌的一大堆，这么好的小哥，我为什么不能加他呢？

那天小哥果然上车了。我在下车前告诉他，明天我就不坐这趟车了，加个微信吧。我感觉他没有想到，但等他反应过来，立刻打开微信，表现得好像我们早就说好了，只是我提醒了他一下。我们像往常一样道别，我还没走出地铁站，他就发来了消息，告诉我他的名字，告诉我他曾在地铁上见过我看过的书、刷过的剧……多好的小哥，这既在意料之中，又意料之中得让我开始后悔。我这是在干吗？我之前想着只是加个微信，可以像朋友一样认识一下，聊聊天什么的，毕竟微信里连不是朋友的都不知道有多少。但我就是在骗自己啊，早晚我要对他说，我不是单身哦，不好意思，我知道，是我主动加你微信的，我有病。

　　个月过去了，王菲菲和医生那边仍然没什么动静。突然有一天，她在微信上找我，把医生大骂了一顿。事情其实很简单。那天，王菲菲看到医生微信运动步数一整天只有两位数，她知道他没有出门，进而断定他这天休息。于是她发去了质问的消息：你不是有空了吗，为什么不找我？医生隔了很久才回，回的是，你身体恢复了吗？

在我看来，也没什么不对，一个医生在尽医生的本分，只是没有回答王菲菲的问题罢了。但王菲菲完全不能接受，他答非所问，他故意岔开话题，他没有心！我不了解他们交往的细节和全貌，单凭他们对话的只言片语，我的感觉是王菲菲全身心扑在这里面，而医生总是借着医生的身份一会儿表达心意一会儿又回避心意。王菲菲的表达特别冲，医生却喜欢绕来绕去，两人总是说不到一块儿，又没人敢把问题挑明了把话说开。

王菲菲来问我从我的角度看来他们两人究竟是怎么一回事，医生的这些反应到底是什么心态。我其实一开始没敢说医生可能有女朋友，是王菲菲自己提出来的，她说即使是这样她也能接受，她也没想怎么样，只是两个人的关系就卡在这儿了，让人很难受。我对王菲菲说我想他最初应该确实是对你有意思的，只是后来经过一些考量感觉还是不合适，退缩了。我本来想说的是，后来经过一些交往，感觉不合适，但我是个尿人，我连这也不敢说。这是我的问题，我是一个会自然想到字面之外意思的人，我怕我说"后来经过一些交往感觉不合适"，会让王菲菲想到是自己表现的问题，令她伤心。但我知道多半她也不会这么想，她是一个按照字面去理解的人，不会拐太多弯，更不会轻易怀疑自己否定自己，这是我喜欢和她做朋友的原因。扯远了，总之王菲菲听到我说医生对她是有意思的，她心里多少感到了一些安慰，情绪渐渐平复。虽然他们之间的交谈总是不顺畅，但她的意思应该已经明确传递给医生了，如果医生有意，他会主动找她的，我让她先不要找医生了，要沉住气。

好长时间没有地铁小哥的消息了，我不知道是不是因为他感知到了我冷淡的态度。有时候我对他也蛮好奇的，而且他消失得越久，我就越好奇。我也想知道他的近况，他是不是还在那家公司，是不是还坐那班地铁，在地铁上有没有又遇见什么人。我也想知道他对我到底是什么想法，我们这么不一样，他最开始是怎么看到我的。有时候晚上睡不着我也想看看他在不在，但好像网聊的社交礼仪这些年也在改变，现在，如果你因为寂寞无聊就去找一个人聊天，这是一个极不礼貌的行为。我不知道。

我好像在等着人家主动，似乎这样一切都会解决，但我心里知道并不会，我还是给搞砸了。

　　王菲菲当然也没有听我的，她连医生的话都不听。她没有等着医生去联系她，因为她知道她不主动他们是不会有联系的。听说后来他们聊得蛮多的，已经不再围绕着病情打转了。他们会聊到彼此的生活，比如下了班都干些什么，比如医院附近有哪些好吃又隐秘的小馆子。王菲菲说有几次她能感受到医生的情绪，但有的时候她又感觉其实并没有什么进展。但最起码，她说，她找他的时候他都会回应，这就足够了。我想，她应该真的很喜欢他吧。

关于恋爱的七个著名现象

坐在我对面的刘学倒没有说他喜欢我这样的字眼，他说的是当年确实对我挺有好感的。我不知道喜欢和有好感之间能否画上等号。我没好意思问。他说那么多年没见了，那天在街上碰见我，一时真没认出来。其实我没怎么变。女生上了大学以后，开始学会化妆穿衣打扮，等她们出了校门，走上社会，会完完全全变成另外一个人，但是我没变。这可能和我一直没有走出校门，而是毕业后留在学校里教书有关。我从操场边经过，时常有踢球的男生喊我，说："哎同学，能不能帮忙把球踢过来？"有几次我认出踢球的人中有儿个上过我的课，但是他们却不认得我。可能是离得太远，我长得又比较普通。但我认人很有一套。我不记得十多年前刘学具体长什么样了，但那天我在人群中就认定那个人是他，还抓住人家问你是不是刘学。想想真后怕，万一不是呢。 遥想高中的时候都不知道他叫什么名字，也不敢向同学打听，我怕我一打听别人就知道我们的事了。

我是上了大学以后才在人人网上知道他的名字的。知道他的名字的同时，还知道了他上的大学，不算太差，以及他有了女朋友。印象中那个女孩长得一般般，齐刘海，和我完全不是一个类型。这么说吧，如果女孩只能选择红色系，那么她一定会选粉红色，而我会选大红色。虽然都是红色系，但粉红和大红有着天壤之别，男生看不出来，女生心里却清清楚楚。其实他们两个人看上去挺般配的，我觉得这不失为一种好的结局。即便如此，我还是向刘学发出了添加好友的申请，他很快回了。我们成为好友之后，我没说话，他竟然也没有。我太蠢了，如此轻易地暴露了自己，完全没有必要。

"哪个？哦那个啊，早就不在一起了，那都是多少年前的事了，她叫什么来着……"他怎么可能不记得她的名字。刘学说着不着边际的话，目光却像当年一样闪烁。一个目光躲闪说话磕巴的青涩少年在高中里不算什么，但是一个三十岁的男人这样，就显得难能可贵。

我忍不住想要揶揄他，我说："不会吧，你们当时看上去很亲密呢。"

他低下头，三根手指捏起吸管，吸了一口玻璃杯中的饮料。他以前能遮住眼睛的刘海不见了，人精神了许多。

"其实我们早叮以成为朋友的，只是当时看见你总是发和那个女生的合照，我也没好意思给你留言。"

他还是没说话，又低头喝了一口饮料。我心里咯噔一下，也只好低下头喝饮料，但不是真喝。

"那时候太小，什么都往网上放。"他说这话时摆出一副懊恼的表情，像是在生自己的气。

我长舒一口气。

他冲我笑笑。

那天经过的人中，谁会看出来我们是第一次面对面坐下来聊天呢？我观察过那些在餐厅或者咖啡店对坐的男女，那种生疏客气得令人尴尬的冷空气会盘旋在一些桌子上方，让一桌子菜迅速冷掉，因此能让人一眼就辨认出他们是初次见面。但我们却没有，虽然难免也会拘谨，但我们两人之间竟然透着亲密。在上高中的时候，我是无论如何也想不到会有今天的。

高一那会儿，他是隔壁班的，不知道从什么时候起，只要和他在楼道里或者校园里打了照面，他就会看我，盯着我看。有时候他和同学一起走，他还是看我。我有什么好看的呢？我从没有被人这样注视过。原来被人注视是这样一种感觉。不对，与其说注视，那更像是偷窥，目光藏在刘海后面的偷窥，与你面对面的偷窥。到后来，他同学一见我就坏笑。这个家伙是不是喜欢我？可我又有什么好喜欢的呢？不对，这不是重点。即使我自己没有什么值得人喜欢的地方，他更没有。被自己不喜欢的人喜欢真是一件让人怀疑人生的事。我就配得上他这样的吗？在别人眼里我到底是个什么样的人？虽然在那时候，我知道我能看上的人一定看不上我，我也不相信奇迹，但我当时想，我还年轻，还只是一个高中生，我的未来有无限的可能。总有一天，我会变成我喜欢的自己，到那一天，我也可以让我喜欢的人来喜欢我。"如果连你自己都不喜欢你自己，别人凭什么会喜欢你呢？"

因为两个班紧挨着，难免会碰到，躲是躲不掉的。有一次又在过道里遇到了，我没有像以往那样躲闪或者假装没看见，我也看他，死盯着他，我故意让他看到我眼中的恼怒。"就你？请你先自己照照镜子。"他不仅能从我的眼神中读出这句话，还能读出这话里强烈的语气。当我看见他耷拉下脑袋时，我眼中的恼怒变成了苦涩。我们原来都是一样的人啊，我们只是想让别人来喜欢我们，看见其他同学成双成对在花季雨季里尽情地绽放着他们的青春，而我们的青春里却只有等待。你委屈，我也委屈。可我们都是讨厌自己的人啊，我们自己都不能喜欢上自己，又怎么能教别人喜欢上我们呢？抱歉，我们两个人真的不合适。

其实后来我越想越内疚，但那时已经没有机

会弥补了，因为我转学了。当然原因不是他，是为了提高学习成绩。我在原来的班里总是考第一，这不是说我成绩多好，而是他们太弱。在这样的环境下，我得不到提高。在新学校里，我时常会想，不知道这个家伙多久会发现我转学的这个事实，当他发现的时候会不会傻眼。他会不会整天胡思乱想，最后终于鼓起勇气，找到一个我们班他认识的同学，没话找话地聊几句，最后假装不经意地问起我，说："你们班是不是少了一个女生？"

想到这里，我都要心疼起他来了。在回忆里我感觉变得对他越来越熟悉，他似乎变成了我的一个朋友，即使不是朋友，也是一个可以成为朋友的人，一个比朋友身份更重更特殊的存在，一个遗憾。我竟然不向他告别一声就自己走了，还想看看人家多久能发现，实在是太不应该了。十多年后的重逢，我还是没有勇气说出我一直以来的歉疚，但是他解答了一直压在我心头的疑问——他当初为什么要看我。

"那时候我觉得你挺特别的。"

"你能看出来？"

"能。"

"我还以为你和同学打赌什么的，你输了，他们让你来……总之就是耍我呢。"

"你怎么会这么想？"

· 2 ·

那天分别之后，他没有跟我联系。晚上倒是发了一条朋友圈，是他的摄影作品，九张图，同一个女模特。女模特穿着黑色吊带连衣裙，坐在白色的帆布沙发上，沙发一侧是一株半人高的仙人掌。这个姑娘只化了淡妆,虽然称不上搔首弄姿,但总让人觉得哪里不舒服。为了找出究竟哪里让人不舒服,我仔细看了好一会儿,发现她没穿内衣。不得不说,摄影师是一个可疑的职业。女模特盯着镜头,她知道刘学正在镜头的遮挡下盯着她,她知道他在欣赏她的美,在找最好的角度拍下她最美的一瞬间。那一瞬间,一束阳光刚好掠过姑娘白皙光洁的皮肤,她的肩带刚好滑下来,她没看镜头,但她相信他看见这么美的自己不得不爱上,而刘学也相信这是世间最美丽最动人的一幅画面,他真的不得不爱上这个姑娘,咔嚓。关于摄影师和模特的关系我问过他,他的回答让我觉得他并不肤浅。

"都是为了拍出好照片。"

"真的?"

"只有照片是真的。"

刘学为什么要在这个时候发这个？翻看他的朋友圈，他也不是经常发他的摄影作品的。这条朋友圈无论如何看不出和白天的见面有什么关系。难道他不想说点什么吗？比如"高中时代暗恋的女孩就这样出现在我的眼前，这个场景曾经在我的脑海中预演过无数遍"。或者不透露具体发生了什么，只是简单地感慨下时光飞逝、似水流年。他什么都没有发，可我们见面时的气氛那么好。我心里难免有些失落。不过可能他就是一个不善于表达感情的人，要不然为什么上高中的时候都不知道来和我说句话。我在朋友圈发了一张见面后回家路上拍的蓝天，写了"好天气"，确实是好天气，可他没有点赞，是照片拍得不好吗？

既然他没来找我，我也不好主动联系他。女

孩子主动总是不太好的。不过我愿意等等他。当那条黑色吊带裙出现在我眼前的时候，我才意识到自己已经在商场里游荡了好几个小时了。这件真好看，比照片里女模特身上的那件还要好看。我也没有要买，只是想穿来看看是什么效果。在店员来之前，我迅速找到了自己的号，把裙子卷起来，小碎步来到试衣间。我不想让别人看见是因为不想让他们好奇。他们一看我就知道我不是会穿这种裙子的人，有些眼尖的人甚至会知道我是不穿裙子的人，他们会在脑海里模拟出我穿这件吊带裙的滑稽样子，然后想这人真滑稽。我不是一个对自我没有认知的人，我已经三十岁了。

　　拉上试衣间的帘子，我坐下来，真舒服。这时我才留意到商场里放的音乐，好熟悉的旋律。我看着镜子里的自己，发现在我背后还有一个可以调节的角镜。我转了转它，当前后两扇镜子相对时，一下子出现了无数个我，我变成了宇宙的中心。我想象着自己就是这首歌 MV 的女主角。一个长镜头，我的脸部特写，我把身子蜷成一团，双手抱膝，然后我把脸埋在膝盖里，待一句歌词的时间，再仰起来，看镜头。我听清了副歌的歌词。

> 如果你爱我
> 你会来找我
> 你会知道我
> 快不能活
> ……

不对，哪里不对。换上裙子的我盯着镜子里的自己，转过来，再转过去。我得把球鞋脱了，袜子也要脱。还是不对。得把文胸摘了。怎么还是差一点？先这样吧。我把下巴抬起来，再放下去一点，哦把头发散下来，然后左边的肩低一点，再低一点，好吧，我自己来，我把肩带轻轻拨下去。

奇迹发生了。

我感觉自己很性感，不是镜子里看上去很性感，是感觉，感觉自己很性感。一条裙子带给了我前所未有的感觉。这条裙子一定是真丝的。被这种凉凉的柔滑触感包围着，我感到紧张又新奇。我双手冰凉，心脏缩成一团，身子简直要发抖。 我的身体的确需要适应，它自己不知怎么地就扭成了一道弯，双腿也吸在一起。要站不住了……"沉入越来越深的海底，我开始想念你"……我赶紧靠到试衣间的墙上。我捏住裙子的一角，轻轻提起……"我快不能呼吸"……裙边扫过大腿，又滑又痒……"人活着赖着一口氧气，氧气是你"……我右脚脚背绷紧，擦着左腿慢慢上抬，再慢慢放下，有气流从裙底钻上来。

　　从商场出来，已经过了晚高峰，有些路段车不多，公交车开起来有种乘风破浪的架势。我坐在后排靠窗的位置，感受着车身的颠簸和初秋的晚风，看它劈开路边乱颤的柳条，疾驰进黑夜，前方一片未知，我心中涌起莫名的兴奋。我当时感到我人生的前路也是一片未知，就像又回到十六岁那年，但我确定，现在离好的未来是更近了而不是更远了，我又开始对人生有了期待。突然，有柳枝从敞开的窗户里伸进来，我急忙往里躲闪，差一点碰到坐在旁边的乘客，我冲他愉快地笑笑，想从他的眼中找到和我一样的惊奇，但他只是面无表情地看了我一眼，又往过道那边挪了挪身子。

　　直到我关了灯躺在床上，我身上那种丝绸所带来的柔滑的感觉还未完全消失。同样挥之不去的还有刘学的那张脸，和他说过的话。他说他觉得我特别，他是看到了我哪里特别了？高中的时候我和其他高中女生一样，穿肥大的校服，戴黑框眼镜，中等长相，中等身材。让一个人去形容自己的长相是件多么难的事，更何况是我这种普通到不能再普通的长相。我洗脸的时候会照镜子。摘下眼镜来看镜子里的自己，有时候感觉其实还可以，因为高度近视，我知道不能太相信自己的眼睛。有时候我甚至戴着眼镜都觉得自己还行，可是转念一想，可能是我看了自己三十年，习惯了这个长相，所以觉得还不错。我读过一篇文章，说有研究表明，人对自己熟悉的形象会产生好感，从而觉得其更为好看。我记得上高中的时候我很羡慕坐在我斜前方的一个同学，她叫田甜，作为艺术生的她只要考三百分就能上大学。我当时想，要是有她那么多闲工夫能用来护肤美容保持身材，我也不会长成这副鬼样子。有一次，一个下午的课间，我像往常一样已经开始写当天的作业了，余光里她好像正在往脸上搓着什么。我有些好奇，抬头看，目光正好和她对上了，她的目光又在我的脸上扫了两秒，接着她打开课桌上一个薄薄的小纸盒，从里面抽出一张小纸片，递给我，说："吸油纸。你也擦擦吧。"我是第一次见这种东西，这世上竟然还有专门为了吸脸上的油而存在并被售卖的一种纸。我接过来，往脸上轻轻一碰，取下来看，纸上出现透明的一块。田甜凑近了看看，噗地笑出来，立刻接连抽出三张甩给我，说："用用用。"

如果有人对我一见钟情，我的第一反应是我长得像他的初恋，或者像他母亲。这不是说我不相信一见钟情，我相信，我简直是这方面的专家，但我是说，如果有人因为我的外表而喜欢我，那只能是因为我长得像另一个人，一个对他来说有特殊意义的人。我和刘学之前并没有交谈过，他并不知道我是个怎样的人，我甚至都不确定他在高中时是否知道我的名字，他说那时候觉得我特别，我是哪里让他感到特别呢？如果说我现在的打扮还像高中生一样朴素，因此让我在同龄人中还算是特别的话，那在当时，我有什么特别的呢？

　　难道他看见了高一下学期那次体育课？我们网球班围着场地跑圈，那天刚好我打头，跑着跑着，老师突然喊集合。我扭头看向老师，发现我和他之间的直线路径上有一个球网支架。如果我径直跑向他，我需要迈过伸出的支架底座，后面的同学都需要这样做，也都可以这样做。但是，万一有人没注意，被支架底座绊倒，进而连带绊倒后面一连串的同学，那可就要出大事了。我认为带领一个队伍，选择没有障碍物（特别是不那么明显的障碍物）的路线走，这是常识。于是我选择继续沿着球场边跑大圈。

当我跑到老师面前时，发现别的同学都已经到了。原来我身后的那个女同学竟然没有跟着我，而是带领她身后的女同学们跑了那条虽然近但却十分危险的路线。老师什么也没说，就像什么也没看见一样。我突然产生了一种恐怖的想法，我这个人究竟存不存在？我后面的人没有看见我。老师也没有看见我。不管怎么说，没有出事是好的，在这种情况下，没有人看见我更是好的。难道刘学看见了？只有刘学能看见我。他不仅看见了整个局面、看见了我做的选择，他还看见了我的内心，他知道我为什么要这么做，我是为大家好，他理解我。

或者，刘学看见了有一次月考结束之后，我追着田甜到教室门口？他知道我们是好朋友，他在楼道或校园里遇见我的时候，其中一半时间是我一个人，另一半时间一定是我和田甜在一起。其实我一直很疑惑，田甜有没有发现刘学看我。按说我们一起走，我看见了，她不可能看不见，但是她却从未提起过这件事。我也不是不怀疑整件事只是我一个人的错觉。或许，刘学也不存在，只有我能看见他。我有好几次想和她谈论这件事，问问她的意见，又怕她笑我，说："看你？咱俩一块儿走，他会看你？"

刘学那天会看到我在教室门口吞吞吐吐，最后还是很难为情地开了口："我，我没经验……"

紧接着，他会看到田甜斜着眼睛瞟我，然后爆发："你是不是傻啊，卷子不会从底下递啊，你举那么老高，你当监考老师瞎吗?!"说完扭头就走，她的书包还撞了我一下。刘学当时会不会按捺住想要冲过来看我有没有被撞伤的冲动？即使他仍然在角落里犹豫不决，不想轻举妄动暴露自己的感情，他也一定明白。我和田甜曾经那么要好，她就坐在我斜前方，我听她讲自己主动追求喜欢的男生却遭到拒绝的故事。有一段时间，她每天都会讲一遍。两个人要是多么亲密的关系，一个女孩子才会向另一个人吐露这种心事。在听故事的时候，我觉得她是世界上最好的女孩，应该被珍惜，应该得到世界上最好的爱。而且，每听她讲一遍她的故事，这种感觉就会加深一层。但是我看错了。她是世界上最自私的女孩。原来我们根本不是朋友。原来我根本没有朋友。我僵在那里，不知道该做何反应。如果刘学真的在某个角落里全看见了，他会不会流露出韩剧里男二号那种时刻为女主角揪心的表情，心里想着我才是那个应该被珍惜、被守护的女孩，应该得到世界上最好的爱？

现在回想起来，因为刘学的加入，那些灰色的记忆仿佛被罩上了一层玫瑰色的滤镜。或许，它本来就是玫瑰色的，而当时我的眼睛只能接收灰色的光。我跳下床，从纸袋里取出那条裙子换上。当我重新躺下的时候，房间的墙壁都变成了粉红色，还散发着蔷薇花的香气。我深吸了一口气，闭上眼睛，想着刘学的脸，想着他看见我穿着这件黑色吊带裙，说我之前有一次拍摄，模特也穿了一件你这样的裙子。我问他漂亮吗，他说你这件比她那件更漂亮。我说我问的是人，他说你在我心中是最美的。我说你骗人，他说你再让我仔细看看。然后，然后他靠近我，我开始紧张，呼吸心跳加速，他离我越来越近，越来越近……我双手搭在他的肩上把他轻轻推开，他身上这件牛仔夹克的质地没有看上去那么坚硬，我能闻到上面沾染的烟草的味道。他停在那里，用欣赏一幅画一般的目光看着我，我说别这样，我不习惯别人看我。他说哦，原来是不习惯呀，怪不得高中时你会讨厌我。我连忙说我没有讨厌你，我只是单纯不喜欢被人看，我也不喜欢被拍，我从来不拍照。他右手举起相机，说可我只想拍你。

那天我睡得特别香。一早醒来，我抓起手机。他没给我发消息。也没发朋友圈。我是不是可以给他发一个"我昨晚梦见你了"？不行，虽然这是真的，但听起来却很假。如果我发了，他就知道我有多想他，他就知道我现在有多喜欢他。

　　一个星期过去了，他还是没有联系我，也没有发朋友圈。我发了几条有的没的的朋友圈以后都删了，因为他都没有回应。在眼镜店，我对店员说我没戴过隐形眼镜，她没有按照我预想的说"你怎么这么大了都没戴过"，也没说"怎么现在想起来戴了"，而是很专业地询问我的情况并向我推荐适合我的产品。我觉得自己运气很好遇到她，她这么善解人意，一点都不会给人压力。如果世界上所有的人都像她一样就好了。其实也不需要所有，有一半人是这样就可以了。人和人之间应该保持适当的距离。每个人都有自己的问题，他们或许对自己的问题都心知肚明，但并不是每个问题都能迎刃而解。这是人的局限性。

　　我知道自己的问题是慢半拍，当然不止半

拍，"慢半拍"在这里只是一种说法。但是，我慢的原因是我脑子转得快、想得多。一般人能从一想到五，我却能想到五百，这样反而显得我反应慢了。久而久之，我就给身边的人造成了沉默寡言、反应迟钝的印象。这进而还导致了我的另外一个问题，不合群。如果想法能够被人看见的话，他们就会知道我是一个活泼开朗积极热情的人。我发现，我在刘学面前竟然变成了一个这样的人。偶遇的那天我主动问他是不是刘学，见面的那天我又主动说了那么多话。我在刘学面前不用想那么多。在他面前且只在他面前，我变成了另外一个我，一个真正的我。

　　每当我把隐形眼镜片举到眼跟前，我的眼睛就开始眨，越靠近眨得越厉害，条件反射式地眨，不受控制。我的眼睛拒绝任何外物的进入，一个如此纤薄如此柔软的透明片它都怕。我不得不请店员来帮我戴。我们共同努力了两个小时，有几次眼看就要成功了，可都是我忍不住眨眼睛，要么硬生生把镜片挡了出去，要么把已经戴进去的镜片压变形又吐了出来。经过反复的折腾，我的眼睛又疼又痒，最后终于流泪了，止也止不住。我没绷住，借着眼泪哭了起来。我恨自己的不争气，辜负了好心来帮我的店员，耽误了人家整整两个小时的时间，她竟然没有表现出半点不悦，我就不应该遇到这么好的店员。我不想亏欠任何人，歉疚是我最无法承受的情绪。我恨不得马上飞到刘学面前，对他说慢半拍一直是我的问题。你在人群中发现了我，对我产生了好奇，你只是想认识我、了解我，而我却忽略了你的真心，就像别人忽略我那样。我原来和那些令我讨厌的人是一样的，而你，却是另一个我，那个受伤的我。我想立刻对他说这些话，但不行。如此突兀地向他表白会把他吓到。我越哭越凶，我要哭出一条河，把悔恨和自责沿着河水送到刘学面前，然后刘学会把他这些年的伤心和等待也沿河送来，河水渐渐洗净我们心里的悲哀和所经受过的所有伤痛，最后太阳出来，我们为彼此擦干眼泪，这条河升上天空，化为一道彩虹。帮我的店员在一旁不知所措，还有另外一名店员和两位顾客也放下手头的事朝我看过来，不知道这会儿他们把我当成什么人了。终于，帮我的店员不太坚定地，甚至有些恐惧地走过来，拍拍我的后背，试探着安慰我说："戴不上隐形眼镜没关系的，回家多练练就会了，人家都能戴上。"

有了，我可以给刘学发这句话："我也是有很多特别之处的，比如人家都能戴上的隐形眼镜我却戴不上。"我终于找到了可以发给他的开场白。我止住哭泣，用擦眼泪的动作挡住脸，以此来掩饰内心的喜悦。我赶在让自己感到尴尬到极点之前迅速付了钱，向店员道了谢，拎着新买的隐形眼镜和药水溜出了眼镜店。我能听见身后店里的人都松了一口气。

"我也是有很多特别之处的，比如人家都能戴上的隐形眼镜我却戴不上。"这句话和我们之前见面聊天的内容是有连续性的，因为那天他提到我很特别，但却没有告诉我他看到了我哪里特别。所以当他看到我发的这句话的时候，会立刻明白过来，我和他一样，还在想着我们那天的见面，我还在想着他说过的每一句话。同时，他也可以很容易地接下去，比如可以问"你去试戴隐形眼镜了"或者"怎么想起戴隐形眼镜了"，这样我就可以讲起今天的经历，甚至是这几天的，然后再问问他这几天在忙什么，自然而随意。

要不要发。

他一直不联系我，会不会还在因为高中时代的事而难为情？如果是这样，我想我可以理解他，我应该更加主动一点。我停下脚步，在手机上打了"我也是有很多特别之处的，比如人家都能戴上的隐形眼镜我却戴不上"。我继续走，前面是十字路口，恰巧是红灯，我不得不再次停下。不知道该做什么，我拿起手机，点了发送。我的心跟着红灯闪了起来。

是红灯先变绿还是他先来消息？

是红灯先变绿。

是我先过了马路还是他先来消息？

我先过了马路。

　　到了晚上，刘学终于回复我了。他说白天在拍片，所以没能及时回复我。原来摄影师工作这么辛苦和忙碌。关键是他还特地说了"没能及时回复你"，这句解释里明显带着歉意，说明我在他心中是有分量的，而且他没有直接说"抱歉"或者"不好意思"，那样会显得很客气，拉远了我们的距离。

　　于是我问："拍片还顺利吗？"

　　他立刻答道："挺顺利的。"

　　我说："那就好。"

　　一分钟过去了，他没有再回复。不知道他干什么去了。我或许不应该说"那就好"，这句确实没什么意义，很客套，也确实不好让人接下去。我发之前应该多想想的。

十分钟过去了，他还没回复。他是不是在接一个电话？或者他以为我们的对话结束了，是可以这样理解，但隐形眼镜的事呢，他可能不太感兴趣吧。

一小时过去了，他不会回我了。我腿上绑了巨石沉入大海。伴随着我的下沉，有气泡往上冒，我大声呼喊救命，海水淹没了我的声音，我的呼救声变成尖叫，尖到人耳已经听不到……我终于沉到海底，海面恢复了平静，不时还有海鸥在低空盘旋。

就在我稍有点睡意的时候，手机突然震了一下。我眼睛一下子睁开了。"你去配隐形眼镜了？"刘学如此轻易地一手把我从海里捞起来。

"哈哈，是啊。"我在水面上大口喘着粗气，惊魂未定。

"我视力还行，一直没戴过眼镜。"他果然对这个话题不感兴趣，我就知道。

"哦哦，真羡慕你。"我原谅他了，我甚至都没有想是不是应该慢点回他。

"时间不早了。"这是句道别的话，这也是事实。又是一块巨石。

"是啊，我去睡了。你也早休息。"说完我立刻关了手机。我先逃了，我拖着石块拼命往岸边游去，就像我会游泳一样。

我再次闭上眼睛，虽然我知道自己这会儿根本睡不着。我睁开眼睛，坐起来。窗外城市的灯光洒进来。我从衣橱里拿出那件真丝吊带裙换上。上床之前我把内裤脱了。再次躺下，我不知道身上是冷是热。真丝触到皮肤的地方仿佛是冰凉的，但当我把夏凉被盖在身上，立刻感觉要被捂出汗来。于是我把被子往下推，推到刚刚盖住肚脐的位置。其实我是要盖住手，就像有人会看我一样。没有感觉，怎么都没有感觉，除了因为摩擦而产生的一点点疼痛。我也无法集中精力。这次我完全不想想到刘学，我想忘掉他，让自己放松下来好好睡一觉，明天一早还有课，可他却不停地跳出来。这条裙子像塑料布一样裹在我身上，坚硬、不透气、没有温度。它缠着我的身体，越缠越紧，我快要窒息了。它根本不是真丝的。我躺着把它脱了，因此费了一番力气。我光着身子躺在床上，刚喘口气，大腿上还有汗珠，我发现窗外照进来的光刚好投在我的身上，我感到羞愧难当。我起身把窗帘拉上。内裤不知道被扔到哪里去了。我只好光着身子去卫生间洗手。

当我再次躺下时，无论怎么心理暗示，我还是会想到刘学，一想到他，心还是会悬起来，脑袋里还是会嗡嗡作响。我是怎么走到这一步，怎么让自己从主动、从被追求的位置走到今天如此被动的境地的？应该是他时刻想着我才对，应该是他感激意外获得了第二次机会、觉得自己应该倍加珍惜应该好好把握才对，为什么是我深更半夜在自己的房间里自己的单人床上想着他面红心跳，身上热一阵冷一阵？不过，如果活着就是这种感觉，那好像也没什么不好。我是真的喜欢上他了，喜欢一个人会不会就是这种感觉，让你感觉到自己还活着？三十岁的人能喜欢上另一个人有多么不容易，我喜极而泣。

好了，我承认我知道他不再喜欢我了，我已经知道了，即使他曾经真心喜欢过我，但是我已经错过了。可这又有什么关系呢？现在我不需要他来喜欢我。因为不需要他来喜欢我，所以我也不再需要等他的回复，不再需要猜想他为什么不回我，不再需要琢磨出现在他朋友圈里的女生都是谁，不需要想到底什么时候该牵手什么时候该接吻，不需要想见他的父母该穿什么衣服、到时候办什么样的婚礼等等一系列麻烦事，只要我喜欢他就够了。我可以想怎么喜欢他就怎么喜欢他，如果哪天不喜欢了，谁都不会感到为难。

我跪在床上，一边擦着感激的泪水，一边打开手机，手机振了，"你收到一条新消息"，光是屏幕上这几个字就又让我哭了出来。当然是他，当然是他之前发的"晚安"。这次我从容地把手机锁了屏，把它放到一边，我成功摆脱了看到他的信息马上想回、马上想该怎么回的焦虑。我再也不会被他牵着鼻子走，我可以牵着他走。我可以想象刘学就坐在我旁边，我能感到他的重量把他那一边的床压得轻微凹陷下去，光是想到他的重量就让我心里感到踏实；还有他的体积，如果他在这里，他的活动会占据这个房间一半的空间；还有他的体温，我仿佛碰到了他身上的温热。他现在整个人都归我所有，因为在我幻想的王国里，我是一切的主宰。刘学，高中时你看到我的第一眼你就爱上我了吧，爱得无药可救，但是你不敢说。这么多年，你都无法忘记我，你和我面对面坐着的时候，你用表面的平静来掩饰心中的波澜，你以为我看不出来，我都看出来了，你真的不需要掩饰，爱一个人有什么错呢？你没有做错任何事。坦诚地说出你对一个人的想法，并不会让你变得低对方一等，反而会让你在对方的眼中变得更加可爱。但是我能理解你，向一个人袒露自己的内心，就像在他／她面前脱衣服一样，越是你在意的人，你就会越慎重。可是你知道吗，你越掩饰，我就越想证明，你越是沉默，我就越想探究，你越是无动于衷，我就越想得到回应，我用想象来填补自己身体和情感的空洞，我心中所有的想念和渴望都化作手指剧烈的震颤，直到一股脉冲从腹部流向全身，紧接着是令整个身心都舒展开来的疲乏。

· 6 ·

清晨的校园是朝气蓬勃的，在小树林里有最美丽的景致，阳光穿过树叶之间的缝隙投下无数道白色光束，光束中还能看到许许多多细小的颗粒在游离，外语学院的同学们在小树林里用各国语言晨读，其他学院的同学分别从食堂或宿舍往教学楼方向走去，浩浩荡荡，好不热闹。他们是那么年轻，那么躁动，那么快乐。我算好时间，大家都算好时间，上课前五分钟之内来到教室。上课铃响起时，还有几个同学急匆匆赶来，走在最后的一个高个子男生踩着铃声的节奏从容地踏进教室，在音乐声中跨过整个教室，走到最后一排，找了一个位置坐下，当他坐下的那一秒，音乐终止。有些人就是可以从容地面对周遭的一切，让它们为自己服务，来帮自己完成每一次表演。那个男生坐下后还冲我笑笑，穿过整个教室冲我笑了那么一下，然后低下头开始玩手机。看手势，他大概是在玩手机游戏。现在学校放的铃声都变成了一段音乐旋律，我猜想是为了制造课堂气氛轻松美妙的假象。可这骗不了学生，他们早做好周全的准备来度过属于各自的轻松美妙的两小时。我不会太在意，大家都是成年人，我讲课是我的工作，他们的时间是自己的，他们有权利支配自己的这两个小时，从中获得他们想要的。如果他们觉得自己看书比听我讲学到的要多，我没问题，毕竟这是完全有可能的。我在黑板上写下"游戏"两个字。那个男生没有看见，因为他一直在低着头玩手机。

　　大概是听到了我提到"游戏"两个字，那个男生终于抬起头来，四下看看，当他反应过来这只是今天讲课的内容时，又埋头于手上真正的游戏了。等下，说真正的游戏可能不准确，那是不是虚拟的游戏？但什么又是真正的游戏呢？中间一排正在传纸条的那几位，正在做着传纸条的游戏。他们不可以发微信吗，或者索性拉一个微信群？我并没有禁止使用手机。可他们还是喜欢传纸条，在课堂这个特定的场所进行这样一项特定的活动，它好像有着别的方式所不能取代的无穷乐趣。把一句话写在小纸条上，再把纸条团到最小，或通过很多位中间人的传递来传到目标人手中，或趁老师也就是我低头或者写板书的时候找准目标使劲一扔（不仅方向要准确，力道还要正好），直接投到目标人面前。这样一来，一句普普通通的话经历如此波折，就不再是一句普通的话了，它仿佛有了神秘的魔力和趣味，果然"媒介即信息"。这几位同学不用听我讲课就已经实践了这次课堂教学的内容，希望他们能好好体会。不过，如果他们知道我全看见了而且根本不在乎呢？他们的乐趣还在吗？这项游戏的意义不就在于冒着被老师发现的风险偷偷做老师所禁止的事情吗？那么如果刘学还喜欢我呢？如果是他喜欢我、是他追我，我便不用想着该用什么样的方式、借什么机会、说什么样的开场白来联系他，我也不用在给他发了消息之后心跳加快，因为不确定他怎么看待我给他发的消息，不确定他会不会回以及怎么回。如果是他追我，我根本不用去想什么喜欢不喜欢的事情，因为是他追我呀。如果是那样，爱情还在我这里吗？

下午我去旁听本科生的选修课"爱情心理

学"，据说这是学校里最受欢迎的一门课，选课系统一放出来，五十个名额便会立刻被抢光。如果哪天你走在教学楼里，看到有教室不仅坐满了学生，教室后排也站满了人，那这一定是在上"爱情心理学"这门课。由于这门课的极大成功，许多媒体还对我们学校进行了报道。学校想对这门课进一步改革创新，准备将它变成多班制小班化教学，但师资不足是个问题，哲学和社会学学院的老师是学校认为的最佳人选，而我这样的年轻教师又是我们学院认为的"再合适不过的人"。可是关于爱情，我又懂什么呢？

看看食堂里相互喂饭的那些情侣，不知道在这之前他们都是怎么独立吃饭长到这么大的；再看看夜幕降临以后半躺在操场上的那些男女，好像在黑夜的掩护下他们可以做任何事；还有宿舍楼下久久道别不舍得分开的那些男生女生，仿佛明天就不能够再相见……整个校园都洋溢着青春的荷尔蒙。我在读大学的时候也交往过一个男朋友。大一那会儿，好像所有人都铆足劲要谈一场恋爱，当时的氛围就是这样。在那之前所有的人都在竞争考大学，考上大学后又都在竞争谈恋爱，好像不物色目标抓紧行动，自己就会被剩下，落得孤独终老的悲惨下场。我就是在这种氛围下稀里糊涂地谈起了恋爱。

那时还很流行通宵唱K，谁过生日了，或者甚至不需要什么由头，玩得好的同学会一起去唱歌，大概是晚上十点之后开始，我记不太清了，唱到第二天清晨，因为这个时段便宜，学生没钱，但有的是精力。当时是十二月的某一天，一个关系还不错的男同学过生日，我被他邀请去了，一进包厢，我就看见了我上铺的女生。我和她有许多矛盾，过生日的这个男生知道。我不知道当时我的脸上有没有表现出来。我一坐下，立刻收到一条短信，是过生日的男生发的，他说："我也不知道她会来。"那一刻，我觉得他可以做我的男朋友，起码凭这句话他已经是我最好的朋友了。

那天晚上，我没有唱歌，我从不唱歌，我和他发了一晚上短信。

第二天清晨五点，包场还没有结束，他和我单独溜了出来。那时天还没亮，我们两个人走在空空的人行道上。马路上很久才有一辆车经过。我感觉我们正走在世界的尽头，我们是这世界剩下的最后的两个人，或者一个新世界最初的两个人。似乎一切都有可能发生。但实际上我们只是并排走着，记忆中两个人一路上好像都没怎么说话。仿佛所有的话都在昨晚的短信里说完了，或者我们只是习惯了那样的交流模式，但在现实中还不知道要怎么跟上。在之前的短信里我知道了他高中时有一个女朋友，他似乎对她的感情还挺深，但是她好像已经有了新的男朋友。我忘记了是有人唱哪首歌的时候我们聊起了这个话题，我听了他的故事后不知道该怎么安慰他，我说我还没有过男朋友，他说会有的。

　　走在路上，他突然说，这会儿宿舍还没有开门。我说那我们去麦当劳吧，麦当劳是 24 小时的。我们又换去麦当劳的那条路。我有点恍惚，认不得路，有一夜没睡的原因，但更多是因为此情此景，让我感到飘飘然。我跟着他默默走着。十二月的清晨雾蒙蒙的，带着寒意，我问他冷吗，他居然立刻把外套脱下来给我披上了，我连忙说我不用我只是怕你冷你这样可不行，他说你就穿着吧，然后快步走进晨雾里。我至今还想着那个背影，他是唯一一个把外套脱下来给我穿过的异性。

　　我们很快便经常像情侣一样朝夕相处，上课、吃饭、自习，总在一起。他偶尔会提起他的前女友，我偶尔会说说我怎么一直都没有男朋友。有一天他对我说，他们宿舍的人都以为我们早就在一起了，我说他们多管闲事。那天我们牵手了。

　　第一次他送我回宿舍，在一个狭窄的路口一对正在拥吻的情侣挡住了我们的去路，我说他们好好笑，等下到了宿舍楼门口你会看见更多对儿，然后他把我拉到路边吻了我。我不知道那是种什么感觉，总之跟我想象的很不一样，原来接吻的时候牙齿是会撞在一起的，还有舌头，到底该怎么放，我觉得自己像一个小孩，又像一个老人。再后来我在宾馆的房间里也是这种感觉。可是慢慢地我发现，我在用一种虽不是假装，但略带表演性质的方式回应他。我不知道他有没有看出来，但是这样的表演渐渐有了惯性，我想让他感到快乐，因为我相信我爱他。因为有这份爱情在，我也相信我自己是快乐的。或许爱情就是这样。我想守住它，因为我知道孤单的人是多么可悲。

我问他，你爱我吗。他说，爱啊。我问你爱我什么，他说，呃，爱不需要理由。我才恍然想起，我们都是普通到让对方说不出爱的理由的人哪。我爱的可能是那个在冬天的清晨抄着手弓着腰走进大雾里的背影，然后我就和这个影子谈起了恋爱，和影子牵手，和影子接吻，和影子睡觉……爱情就是一个影子。想到这点的一瞬间，我眼前的雾消散了。清晰的世界令我崩溃。

他后来又找了一个女朋友，也是我们系的。在庆祝毕业的聚餐会上，看着他俩被大家祝福，好像已经没有人记得曾经我也和他交往过，因为喝了酒，我哭了，他们说你还要留在学校读研读博呢，你有什么好舍不得的。

　　第一节"爱情心理学"讲了"关于恋爱的七个著名现象"，任课的吴老师向同学们许诺，掌握了这些规律，大家便会更加理解自己和对方，学会一些处理两性关系的技巧，增强获得幸福的能力。对此我十分怀疑。比如，其中有一个现象叫"多看效应"，原来我以前看过的那篇文章，"人对自己熟悉的形象会产生好感，从而觉得其更为好看"那个，讲的就是多看效应，据说这是有心理学实证依据的。吴老师在课上调侃道，男同学们注意了，如果你想追求哪个女同学，就多在她面前出现，即使她一开始并不喜欢你，见得多了，说不定就觉得你好像也没那么讨厌了。这话引起了男生的一片憨笑。女生也笑，同时又用警惕的目光看着周围憨笑的男同学。

再比如一个现象叫作"吊桥效应"。它讲的是当一个人提心吊胆地走过吊桥的一瞬间，抬头发现了一个异性，这是最容易产生感情的时刻，因为吊桥上提心吊胆引起心跳加速，会让人误以为遇到了真爱。这个原理告诉我们，心动不等于真爱。心动都不等于真爱，那么什么才是真爱？上了一节课，我更加糊涂了。

不知道为什么我很想给刘学讲我大学时的这段荒唐往事。我还没有向谁细说过，我只是告诉他们我曾经交往过一个男朋友，时间不长就分手了。我想告诉他我还不知道什么是真爱，可是我下学期就要教一门叫作"爱情心理学"的课了。你遇到过真爱吗？真爱存在吗？你能不能给我讲讲你对这个话题是怎么理解的？我打开微信，打出这些话，又一个字一个字删掉了。

· 7 ·

之后的日子照旧，一天中有许多时刻刘学的影子会出现在我眼前。路过操场，我看见踢球的人里面有他，我站在场边等着球朝我踢过来，当它马上就要滚到我的脚边时，刘学喊道："同学，帮忙捡一下球呗。"我会从容地弯下腰，知道他会看着我，捡起球，扔给他之后冲他挥手，他立即露出灿烂的微笑，说："原来是你呀。"穿过小树林，我看见有人在这里拍婚纱照，摄影师就是刘学。我跑过去要和他打招呼，跑到一半他发现了我，然后举起手中的相机冲我来了一张，我假装生气扭头就走，他和新郎新娘匆忙解释了两句就跑过来追我。在课上，他是最后踩铃走进教室也要慢慢走到最后一排的男生，他坐下后冲我笑笑，但这次他没有再低头看手机，而是一直盯着我，就像高中时一样，不知道他有没有听进去我讲课。他出现在图书馆、办公室、食堂、车站、我家的小区、我的客厅、卧室、厨房……

我想大声告诉他：我好想你!

我想哀怨地告诉他：我想你。

我想假装轻松地告诉他：我还挺想你的。

我想笑着问他：你想我了吗?

我想哭着问他：你想我吗……

我想起来了，我可以说我想拍照片。为了不露出破绽我得编一套完整的说辞。我可以说我们学校要改革创新推广一门通选课，我是新的任课教师。学校要老师的照片，以便用在新闻通稿、学校网站及各社交媒体平台和其他宣传材料上。

一听说会放在这么多地方，我觉得照片一定要拍得漂亮点、专业点，于是我就想到你了。我这个人最怕拍照了，不到万不得已我是不会来的。如果他问起来要不要去学校取景，我就说那最好不过了，然后我就可以和他走在校园里，就像我曾幻想过的那样。路过操场，我可以问他平时爱运动吗，周末很多外面的人都会开着车来这里打球或者踢球。穿过小树林，我可以给他说这里经常有拍婚纱照的，你来这里拍过吗，如果没有的话可以考虑带顾客来这里拍，景致还是很不错的。路过图书馆，我可以告诉他以后借书可以用我的卡。

　　我没好意思发微信提前告诉他，我想直接去他的工作室。

　　在去拍照之前，我先去了商场的化妆品专柜，我对导购小姐说我平时都戴眼镜，你可不可以帮我化一个戴眼镜显得眼睛大且有神的妆。隐形眼镜我在家练了一个月还是没有戴进去，我已经放弃了，所以希望可以通过化妆来弥补一下。导购边给我化妆边讲解，听上去非常专业。她说我这是混油皮，即混合型皮肤，更偏向油性，所以会有毛孔的问题，还有这样的皮肤不太上妆，所以她说会稍微给我化得浓一点。我说我不太懂，麻烦你了。她化了很久，用了各种产品，边化边教给我怎么使用这些化妆品和化妆工具，我悉心听着，但是我根本看不见。过了大概半个小时，终于化好了。我戴上眼镜，满怀期待地举起镜子一看，我不知道该怎么形容，好像更丑了。就像一张仿造我长相的脸谱贴在了我的脸上，看着它我便抑制不住想要把它撕下来的冲动。我挑了一支口红和一瓶粉底液，导购说不要买眼线笔、睫毛膏吗，你不是想要显得眼睛大且有神吗，我说好，那再加一支眼线笔吧。

我乘直梯上到了商场的顶楼，快步拐进洗手间。一是考虑到这一层卫生间的人应该少，二是想到那个导购总不会上这么多层来上厕所吧。我都没好意思照镜子，直接埋头把脸给洗了。边洗我还边听着有没有进来的人，是不是那个导购。这样提心吊胆地洗了很久洗不干净，我这才想起刚才最应该买的是卸妆水。我把水龙头关上，熟悉的旋律响了起来。上次也是在这个商场。

如果你爱我

你会来找我

你会知道我

快不能活

我的眼泪顺眼角流下来，我任由泪水带着我

的失落和委屈滴到洗手台上，一粒粒摔得粉碎。我看着镜子里哭泣的自己，我想象着我是刘学，我用刘学的眼睛看着我在哭。我轻轻抹去脸颊上的眼泪，抿抿嘴，眨眨眼，紧接着又是新一轮的痛哭。我没忍住，哭出声来，我用双手捧着脸。我听见有人来了，我从指缝间看到那竟然是给我化妆的导购，她正用惊恐的眼神看着我，原来顶楼的洗手间旁边是员工的更衣室。

刘学的工作室很难找，他那天见面的时候说是在一条百度地图没有标出来的小街道的院子里。我沿着小河边的青石板路边找边练习着和他见面时该说什么话用什么语气做什么表情。"你今天在这儿呀。"要不就："嗨，在忙呢？没想到我会来吧。"或者如果他在忙，我就什么也不说，冲他招招手，然后指着一个空位子表示我会坐在那里等他。我无法最终确定用哪一种，到时候视情况而定，原则就是热情洋溢，但不能显得太热情，表现出我确实是有正事才来的，又要透出一种朋友间的轻松。

我在那一带转了三圈，终于在许多几乎一模一样的小杂院之间找到了写着"刘学摄影工作室"的木牌子。院门是新漆的，除此之外没做太多装饰，保留了老房子的古拙质朴，我有说不出的喜欢。

一进院门，旁边即是一个小厅，小厅里仅有一个三人布沙发和一个木质茶几。听见我进来，从里面走出一个姑娘。我总觉得从哪儿见过她。她微笑着说："你好，需要拍照片吗？"

她是那个女模特，刘学发的朋友圈。她穿着黑色吊带连衣裙，坐在白色的帆布沙发上，沙发一侧是一株半人高的仙人掌。她盯着镜头，知道刘学正在镜头的遮挡下盯着她，她知道他在欣赏她的美，在找最好的角度拍下她最美的一瞬间。那一瞬间，一束阳光刚好掠过姑娘白皙光洁的皮肤，她的肩带刚好滑下来，她没看镜头，但她相信他看见这么美的自己不得不爱上，而刘学也相信这是世间最美丽最动人的一幅画面，他真的不得不爱上这个姑娘，咔嚓。

她没有照片上那么漂亮。皮肤没有那么好。还有我现在坐的就是那个白色帆布沙发，它没有照片上那么白，现实中看它根本就不是白色的。还有那盆仙人掌呢，或许它就摆在院子里，或许它是假的。

我说："对，想拍照片。"

"是想拍婚纱，还是您的个人写真？"

"都可以拍吗？"

"都可以呀，还有婚礼全程跟拍我们也做，

不过这个要提前很长时间预订，因为好日子就那么几个，很多家都会凑到一天里结婚，所以就看谁先预订了。"

"哦。"

"想拍什么样的？"

"我还没想好。"

"这没关系，可以和我们摄影师沟通。等下让他来给你介绍一下吧。他这会儿正在里面拍片呢，一个帮电视台干的活。"

"我能进去看看吗？"

"哦不好意思，为了保护客人的隐私，我们的拍摄都是不让看的。"她说着，我能看见几个穿艳丽礼服的人在里间过来过去，偶尔还会有人向外看看。

"那个其实我是刘学的……"我没有说出"朋友"两个字，"我是刘学的同学。"

"哦你认识刘学啊，你们联系过了吗？"

"没有。"

"那你稍等，我去叫他出来一下。"

"多谢了。"

姑娘进去了，我一个人坐在沙发上，突然感到十分口渴，进而开始想家。我觉得我像是闯入了别人的家里，这里的一切都很陌生，刘学本是一个从我的回忆里走到现实中的人，来到他的地方，我却感受不到一点亲切。就连这个沙发，我在照片里看了不知多少遍，当我亲眼看见它，当我坐在它上面的时候，我却觉得一切都走了形，仿佛时空已被扭曲，我怕我再也回不去了。

刘学出来了，带着疲惫的浅笑说："你怎么来了。"

"我，我想拍个照片。"

"怪不得想到我了。想拍什么照片？"

"呃，我本来以为你这儿会是像普通照相馆那样的，所以我就想拍个……拍个证件照吧。"

"好说。不过你得稍等一会儿，那边马上就忙完了。"

当我坐到布景前面，我才发现这里根本不透阳光，一切都是人造的。刘学调好光，站在相机前面，我突然屏住了呼吸，不是我自主屏住呼吸，而是我好像不能呼吸了。或许我的脸已经憋紫了，刘学又去调了调光。他再次回到相机前面。他看着镜头，说："放松。"我抖抖肩，但这个动作是表演的，我并没有因此而放松下来。"左边稍微低一点。"我照做。"身体向右侧一侧。"我照做。"好，笑笑。"我挤出一个笑容。

在电脑前我看着自己的照片，原来我根本没笑。我能看出当时我脸上的紧张、委屈，甚至还有一点怨怒。拍照的过程和我之前拍过的任何一次证件照似乎都没有什么不同，我竟然跑了那么大老远找了那么久来到这个陌生巷子里的小院。我看着刘学把我的碎头发修掉，我看着他把我那明显比左脸胖的右脸修进去一些好让两边对称，我看着他把我的黑眼圈和眼袋抹平，我看着他把我的肤色提亮……他鼠标的每一声点击，我的心就碎一块。我又想起了他说过的话。

"都是为了拍出好照片。"

"真的？"

"只有照片是真的。"

水管漏了

半夜，我坐在马桶上反思。他说，我们的认知，方方面面都差距越来越大。我想，终于到了这一步。

一滴水滴在头顶，正正好好。头顶正上方的水管上次裹了水泥，几个月前是看到有部分洇水，这就透了？不知道是怎么回事。一直都还不知道到底是怎么回事。头顶的水管不就是楼上马桶的下水管吗？不是吗？

上次，大概一年前，也是水顺着头顶U形管子的底部滴下来。开始是几天一滴，被砸中是偶然。后来是一天几滴，知道可能会被滴到，就真被滴到了，象征性擦擦头顶了事。我看水是清的。再后来，严重的几天，其他的管道壁上也有水流下来。我就拿厨房用纸把管子包住来吸水。不知道是什么水。不敢碰。水柱越来越大，并且越来越浑浊。看这架势，怕是还能再渗到楼下去。我有点着急了。我们这几年租的是自如的房子，但自从租下了就没和管家联系。这会儿需要联系维修却不知道谁是负责我们的管家。房子是韩宇租的，我没经手过这些事，就只能着急地等他的消息。还没等到维修师傅来，水流神秘地自己变小了，渐渐回到滴答的状态。

　　自如的维修师傅来的时候，包管子的纸都干得差不多了。他一脚蹬上马桶一脚蹬上洗手盆，站在洗手盆上把天花板的一块板子撬开，歪头往里看了看，说有漏水的地方，告诉管家，让管家联系楼上，找出漏水的地方。说完他再一脚踩马桶一脚踩地下来，收拾工具包走人了。租自如的房子，主要就是不用和房东及邻居打交道，一切可以交由管家处理。微信里说不清楚，我一般都是等韩宇晚上回来告诉他。晚上我给他说让管家找楼上，看看是哪里漏水。他说好。

几天过去了，管家那边还没有动静，漏水继续按照自己的节奏滴着。我给韩宇说，就直接让师傅来把管子封上一层泥子不就行了，他说没那么简单。

后来维修师傅又来了一次，我不记得是不是上次那个人，或许是同一位师傅，因为他们用了同一种步伐踩上洗手盆，打开天花板上的同一块板，往里看看，说楼上有漏水的地方。但是，如果是同一个人，同样的事情为什么要再做一遍呢？

第二天一大早，我在韩宇赶着去上班之前，给他汇报了师傅的意思，但因为师傅说得不明不白，或许是我听得不明不白，我也无法更明白地转述给韩宇。或许是我压根儿就不信这个师傅，所以没有理解他的话？我给韩宇说，他是那样说的，还和原来说的一样，要检查漏水点，但其实把那个管子封住不就不漏水了吗？韩宇问师傅到底怎么说，我说师傅说要检查楼上哪里漏水，但管家和楼上沟通到底是啥情况我们也不知道，这水一直在滴，为什么不能直接让师傅来把管子封住呢？韩宇说你说这么一堆，师傅是这么说的吗？师傅到底怎么说的？

最后来的那一位师傅，不知道和之前的是不是同一个人，最终还是按照我说的方法，用水泥把水管封住了。他这次是带着水泥来的，没有检查，没有询问，只抬了一下头，就找准了马桶上方那个正在滴水的 U 形管道。他之所以采取这个办法，或许是因为我们报修的时候报的就是水管漏了，请求给水管抹层泥子，而不是楼上水管漏水。问题就这么解决了，滴滴答答了两个月，一下子清静了，生活又有了希望。

现在，时隔一年，一滴水又落在了我的头顶。这滴水也没有让我即刻从马桶上起来。我本来坐在这里也不是想要上厕所。韩宇睡了，厕所和卧室隔了两道门。厕所似乎是一个领地，一个人占上了，就能保证在一段时间里独享。人当然是需要个人空间的，房子越小越需要。

　　或许是因为房子小吧，我也感觉韩宇在家的时候我有点不知所措。不知道是想给他腾地方，还是我做自己的事也怕被打扰，总之有点不知道要干吗。比如如果我在家看着电视他回来了，我就不知道是该继续看还是把电视关了。我通常会选择把电视关了，在这个集客厅与卧室于一体的房间里，一台播放着的电视机就等于是用声光电占据了全部空间，新进来的人，跟不上电视里播放的内容，多半也不感兴趣，你只有通过关电视来表示对对方的接纳。但是，如果关电视这个动作做得不对，具体说来就是时机把握得不准，又会产生适得其反的效果。如果他一回来你就关电视，这个动作看上去反而是一种拒绝、一种斥责，仿佛在说：我电视看得好好的，你回来做什么，真是扫兴。你要等他进来屋子，看两眼电视，面露鄙夷，表示不感兴趣，这时候你再关掉。或者先和他交流两句，我在看某某某节目，有点意思，你要不要来看看？等他看了两眼说不用了你看吧，这时候，你继续看或者不看都可以。

最近他回来，我说我在看某某某，挺有意思，你要不要来看看？他总是连头也不抬一下，说不用了，你看吧。这时候我就会直接把电视关掉，心想真是扫兴。

我们交流过了，也不能说我们全无交流，在我一再的追问下，他说：理性地讲，你自己一个人过一定是对你更好的选择，你会更独立。长远来说，一定是对你更好的选择。不用担心，这些你一定能做好的，不会的慢慢学就好了，你的生活一定会更好的。

他说话时的表情平静而陌生，就像一个人生规划师，面对流水的客户给出标准的答案，你不能说他的方案不是为你定制的，他的语气甚至都能让你相信他是真心为你好，但你就是觉得这整件事是一个笑话，你除了笑出声无以为报。

见我并不能接受这样的人生建议，他变换了策略，他说分开起码他会生活得更好，因为他只要管好自己的事就行了，他一个人一定会有更高的生活质量。他还有繁忙的工作和需要照顾的父母，这些已经让他身心俱疲，如果都能抛下，他愿意全抛下，但他不能，所以他没有别的选择……

他这步更是失策，把局面转变成我不断向他道歉，并保证今后会主动承担这个家更多的职责。惩罚促使我倒推自己的罪过，我到底做了什么让韩宇非要离开不可？当我百思不得其解、急需一个确切答案的时候，他给出的选项：自我意识过剩、情绪化、脾气差、料理家务能力低、不会做饭、不学开车等等等等，全都成了我能抓住的救命稻草。哦哦哦哦我知道了，不就是这些吗，好的我知道了，我改，我全都可以改。希望他能给我一个期限，他可以根据这个期限内我的表现来决定去留。他不置可否，我就算得逞了。我还画蛇添足地问了他希望这个期限是多长时间，我心里想的是半年，他说一个月，可见他是多想早点结束这一切。后来我们折中定为三个月。

两个月过去了，我见生活逐渐回到正轨，我说可以了吧，他反问：你当初说的是多长时间？

人一旦相信自己有罪并且要面临相应的惩罚，就会怀有赎罪之心。这两个月过得飞快，我感觉自己是一个全新的人了。我意识到了自己以前不曾意识到的问题，没想到因为这些"无意识"而给身边的人造成了很多伤害，而且在我的无意识下，这些伤害日积月累，才让我们的关系到了崩断的边缘。如果我不那么"自我"，很多我认为的问题就不会是问题，从而我也就不会产生那么多情绪，没有那么多情绪就不会有那么多表达，没有表达就不会有争吵……

今天临睡前，我试着和韩宇讲了讲晚上在健身房大课遇到的事，这件事过去几个小时了，我还是没想通。我问他，我给了教练 包纸巾来擦汗，她用了一张，课后那包纸巾就扔在地上，如果你是我，你会去拿吗？他说，拿啊，为什么不拿？我说，我没拿。他在酝酿睡意，或许不解但没有回话。我说我好意借给教练纸巾，她即便不认识我，也忘了是谁的纸，她完全可以问一声，我会去拿。但那包纸就那样扔在地上……他迟缓地说，人和人之间认知的差距是巨大的。听上去他快睡着了。

为了不影响他睡眠而惹怒他，也为了不使他又一次确认我是那种自我意识过剩的奇葩，我没有和他讲事情的全貌。今天的教练特别卖力，上课没多久她就已经汗流满面。她的汗都要流到眼睛里了，于是她停下向站在第一排最中间的娜娜借纸巾。我都知道她的名字，娜娜，每节课教练都要亲切地叫上几遍。娜娜从裤兜里掏出了皱皱巴巴的一小截纸，教练看了笑了，但她还是拿去用了。音乐还在继续，我们都没有停，因为我站在后排边上，身后就是储物柜，于是跑到后面拿出了包里的纸巾，又跑到在镜子前做示范的教练身边，为了不打断她，我把纸巾轻轻扔在了她附近。放下纸巾我立即跑回原来的位置，转过来看见教练冲我微笑。我无暇回以表情，唯有更集中精力地练习，我的基础实在太薄弱了，同学的站位分布差不多就是水平的分布。

但是后来一切都和我预想的不一样了。这也是我不敢和韩宇说的部分。教练几次走到我这边，我想她要来指导我的动作了，搞得我有些紧张，做错了几个平时不会错的简单动作。可是，她每次走到我左边的学员那里就停住了，仿佛她右边不再有人，仿佛我不存在。原来她每次过来都是为了指导左边那个人的动作。或许她是来试课的？或许她报了教练的私教课？或许她们本来就认识？不管怎么样，她们是有某种关系的，而我只是一个站在后排角落的随机学员。其实我觉得教练不应该给学员差别对待，对一些人特别的好，就等于对另一些人不好，好与不好是相对的，何况那人就站在我左边，何况我为教练递了纸巾，而在教练流汗流到眼睛都睁不开的时候，她除了眼睁睁看着还做了什么？她什么也没做。

此时深更半夜，我坐在马桶上想着这些，还是想不明白。整节课教练只用了一张纸巾，她在不擦汗的时候就把这张纸巾叠好垫着纸包放在镜子前的地上。下课的时候，她拿起这张纸巾揉成小团带走，而纸包被留在了原地。那个翠绿色的塑料纸包就被落在了那里，它虽然小，但却是那么显眼，所有人都能看见，但没有人看一眼。

教练只带走和她自己有关的东西。那么那包纸和我还有没有关系？我把它送给了教练，教练把它留在了原地，我到底应不应该把它捡回来？按照韩宇的逻辑，纸就是纸，而且本来也是我的，还能用，为什么不拿？但为什么我却觉得它不再是原来我的那包纸巾？

我就不应该给教练递纸巾，如果我不给她纸巾，什么事情都没有了，我不会在意她特别指导了我左边的学员，我也不会想她把我的那包纸留在地上仿佛都不愿意多碰一下是为了什么。我为什么要多此一举？头顶砸下一记水滴，我抽了自己一巴掌。原来扇巴掌并不疼，而是一阵清凉。这阵清凉让我内心平静了不少，这一发现带给了我神秘的喜悦。善意为什么会带来伤害呢？我又扇了自己两耳光，我想让自己头脑更清醒。真的不疼。我知道韩宇会拿认知说事，这是他一贯的论调，什么认不认知啊，谁不会自以为是，谁不是在伤害别人呢？我不想再上这个教练的课了。我不想再承受这一切了。又是一阵清凉，真爽快啊，这可能会让人上瘾。

不需要

每个人的脸上都没有五官。我的轮廓，所有人的轮廓，都有跳动的边缘线。罩在我身上的白布前面有一块透明，闪着光斑，就像阳光下的湖面。如果不是理发，我是没有勇气摘下眼镜投入这片眩晕的。我沉浸其中，并不知道旁边的老爸不见了。

　　我起初以为他理完发又去做那些美容项目了，比如祛斑点痣什么的。他办了会员卡，充了巨额的钱，说是这样能打非常低的折扣。这家本质上不是什么高档的店，从洗头小妹统一的包臀短裙和肉色丝袜就能看出。我本不想在这里理发的，可是我爸充了那么多钱，怎么用也用不掉。

　　我看了一圈，特别看了几个疑似我爸的人，都不是。我又去旁边洗头的隔间，这家店生意竟然很好，还有人在排队，可他也没在其中。我老爸有一种本事，到了一个地方，可以让自己立刻成为焦点。听不到他的声音，多半就是他不在。

　　那就应该在旁边单独的小间做脸了，那里有戴口罩和塑料手套的小妹进进出出。我爸其实也不是一个讲究的人，他就是好奇，什么都想尝试。比如他开车，一到红灯，就一定要摸摸这儿按按那儿，好像这车还能开发出什么新功能。他不允许无聊和等待。怎么小间里一个客人也没有。

　　走廊尽头还有一个房间，两扇门紧闭。只有这个房间有对关的两扇门。想到曾在价目表上瞄到"全身SPA""精油开背"这样的项目，我明白，这种项目需要更为私密的空间。不过，这些项目究竟是什么意思，你怎么知道"全身SPA""精油开背"是哪种"全身SPA""精油开背"，我反正不知道。整家店就剩这一个地方了。我有点紧张起来，不过，不管等会儿我看到什么，我都能接受。我爸带我去过夜总会，他还告诉我要管那里的女孩叫"公主"。那里的女孩和这里的女孩看上去很像，她们都和我年龄相仿。最重要的是，她们既不扭捏也不卖弄，这身衣服对于她们来说不过就是工作服，我喜欢她们坦然或者说职业的样子。我打算轻轻打开门瞄一眼，如果门是锁上的，我就放弃。

　　我尽可能轻地拧开门把手，门没锁，我有点害怕了。我才发现我并不是什么都能接受。不过我还是想看看。就差这一道门了。我推开一条缝，屏住呼吸往里看。里面竟然是空的。这间房间比想象中小得多，和门的尺寸完全不相称，除了靠墙一排方形黑色皮沙发，别无他物。我首先想到的是，那些项目究竟在哪里做？或许还有什么我不知道的地方。这时终于有一个小妹注意到我了，问我有什么事，我一时不知道该怎么回答，难道要说我爸丢了，我在找爸爸？我只能含糊过去，匆忙离开了理发店。

第二天，在体育场下面的一家奶茶店，我和张吉说起这件事。他说你这么大一个人，你爸怎么可能把你忘在那儿了呢，没准就是有急事先走了，当爹的又没有义务向女儿汇报行程。我也不是说要汇报，起码说一声免得人担心。回想一下，我倒也没担心。问题是，这给人感觉我和我爸不太熟似的，不像父亲与女儿的关系。我不知道别的女儿都是怎么和自己的爸爸相处的。有一次，我们几个同学去市中心吃饭，其中一个人碰到了她实习单位的主管。她跑上前和人家一通寒暄，然后红着脸回来了。她开口的第一句话是："你们看他俩是什么关系？"我一早注意到那个主管是因为她当时正和一个大她很多的男人走在一起，女的有三十来岁，男的有好多白头发，两人勾肩搭背，异常快乐。我想他们在一起应该没多久。一个同学回答说："那是她爸爸吧。"刚才发问的同学马上说："没错！我也以为是。我还问人家这是您父亲吗，结果人家是两口子。"说完她脸更红了，一边用手扇风一边哀叹自己的情商可怎么办。其他同学都纷纷表示她们和自己的爸爸平时就是这样相处的，开开玩笑、搂搂抱抱，再正常不过。看着她们我惊呆了，到底父亲和女儿在一起应该是怎样的？可我什么话也没说。

　　我的大学距离我家也就十分钟的路，所以大二了，我还是体会不到其他同学那种展开人生新篇章的心情。大家人生节奏不同，我在学校里也就没交到什么朋友。张吉是我高中时代的网友，在我上大一的时候，也忘了是谁提出说见一面，一直不见的话也很奇怪，好像不是在隐藏什么，就是在质疑对方什么。大家见了面，自然而然地没有惊喜，于是就自然而然地成了朋友。

"我的意思是，"我继续向张吉解释，"我的意思是我不知道我爸到底爱不爱我。"

我一下把他搞疯了，他皱着眉头问："什么？这个问题是从哪来的？"

"再往本质上说，爱是什么？"我继续问。

他用"你是傻×吗"的表情看着我，不再说话了。

这说明什么？这说明我的问题确实很难。倒不是说张吉有多渊博或者多智慧，本应该知道，他就是一个普通人。一个普通人答不上来的简单问题，说明大多数人因为想当然而把它忽略掉了，这是它的难度所在。生活中充满这种看似简单而我们却并不真正了解的问题。这让我很困扰，但张吉不困扰，这就是我俩的区别所在。

张吉刚工作两三年，所谓事业上升期，他自己这样说，就有点好笑。他爱跟我讲的，无非是怎么在工作之余创创业理理财，让财产保值增值，或者纠结要不要干脆辞职，自己当老板，这样才有实现财务自由的可能。我对这些其实是没耐心听的，因为这些现在不是，将来也不会是我要考虑的东西。

我没告诉张吉我家有钱，或者说我爸有钱。我爸半夜喝多了回来，通常是已经喝到迷迷糊糊的时候，总是爱把我从房间里叫出来谈心，我妈拦也拦不住。他总是会讲到这一段，他说："老爸就你这么一个女儿，我挣这么多钱干吗呢？"说到这儿，他会吸一口烟，再轻轻吐出来，他在烟雾缭绕中眯着眼缓慢地摇头，流露出一副痛苦、迷茫又享受的神情。"几辈子都花不完的钱。"

他又停住，笑起来，好像命运在和他开玩笑。"所以活着最重要的是什么？"他盯着你的眼睛，夹烟的左手坚定地向前一指，"是开心。"一个能对女儿说出这番话的老爸，你不能说他不爱他的女儿。你爱一个人，就是希望她能开心。

几辈子都花不完的钱到底是多少钱？我对钱没什么概念，这是我老爸对我的评价，但长这么大我多少也知道，没有比钱更敏感的东西了。我也不是在乎别人的感受，问题是你一说出来，一切都变了。所以张吉说什么我就听着，不发表任何意见。我爸怎么说？他说钱是狗屎。有意思的是，有钱的人没钱的人都视金钱如粪土，可见钱是一个多么折磨人的东西。

我和张吉陷入沉默，不过没关系，他对我真的很好了，我没什么好抱怨。

有一次他说去哪儿的时候看见了好玩的东西，买了一个给我，顺路来学校拿给我。找到他的车后，见他摇下车窗，递给我一个黑色塑料袋。我扒开一看，是一个驴子，毛绒玩具，一个站立的驴子毛绒玩具。他一定是看到了我困惑的表情，不断强调，这个东西很好玩，能跳舞。他打开按钮，劣质音乐大作，驴子疯狂地甩起头来。我被眼前的滑稽吓到了。张吉得意地笑起来。他就像一个试图在青春期女儿面前表演变戏法的老父亲，这些小把戏可能以前奏效过，它能逗女儿开心，他们真的开心过。可现在女儿长大了，父亲却没有察觉。可这又有什么关系呢，父亲还是那个父亲，她想起小时候他极力表演各种表情和动作逗她笑，和她玩个没完没了，想到这些她心里感到踏实。

我不知道该怎么处置这个礼物。它真的很大

很显眼。我没把它带回家,我把它带回了宿舍。我把它摆到了宿舍中间的空地上,打开按钮,音乐响起,驴子天真地甩起头来,和刚才一样疯狂一样卖力。室友还没有搞清楚状况就一个接一个大笑起来。条件反射。我一下子也变成了一个不合时宜的父亲。

　　我刚才的问题确实太难了,我是在难为张吉。总要说点什么,我给他讲起他来之前的一件小事。我随便找了这家奶茶店,点了一杯红茶拿铁,等了很久,左等不来右等不来。后来,茶终于送来了。我喝了一口,觉得味道不太对,心想这个店员可能是新来的,不太会做。很快另一个店员又跑来,说做错了,做成了如意茶拿铁。他说了好多话给我解释。"我看她萃茶不太对……这是不含咖啡因的……我给你重做一杯……"他说话含含糊糊，我向他确认，"这个到底含还是不含咖啡因？"他说不含。我说那好，不用重做了，就喝这个吧。

"为什么不让他重做？"张吉问。

"因为本来红茶拿铁也是随便点的。"

他无语。

"但是你知道吗，这个如意茶拿铁太难喝了。"

"你有病。"

我大笑起来，像是听到了什么赞美。这就是我们经常话不投机，但我还是非常愿意和他做朋友的原因。他知道我有病。他不但知道我有病，而且接受这样的我。这是那种我感到我们距离最近的时刻。

我之所以随便找了这家奶茶店又随便点了这杯东西喝是因为我要等张吉来。刚才我的如意茶拿铁喝到一半张吉就来了，他说下午没什么事，提前溜出来了。我们晚上要去看周杰伦的演唱会，张吉单位的赠票。他因为工作的关系总能获得一些演出、比赛的赠票，就总是找我，这么久了他竟然一直没有女孩子可约，实在无法让我对他高看一眼。

他来了说等会儿肯定人多，咱们先吃饭。可是这才四点多，我说我还不饿啊，你饿吗。他说他也不饿，但是能吃。我说不饿怎么吃呢，他说等会儿人肯定多。我说你不要再说了，我逼他把这杯如意茶拿铁喝了，不喝完别走。

磨磨蹭蹭的结果是只有时间吃快餐了。等我们到了肯德基，店里果然人多起来，找不着座。终于让他给逮到了似的，他抛给我一个"你看吧，我说什么来着"的眼神。我回他一个"那又怎样，打包出去吃就好了"的白眼。

点餐的时候他问我吃什么，他的语气很让

人不爽，我说上校鸡块，他问还吃什么，我说不吃了。

结果他就真的只买了两盒上校鸡块。

停车场在体育场外面的空地上，我们沿台阶走上去，就像爬山，爬到顶一片开阔。傍晚的天边挂着一抹粉红，偶尔有凉爽的风吹过。我俩一路无话。找到车，他把吃的搁到车前盖上。看着兴奋的人群从四面八方涌来，我们都多少被此情此景所感染。就要见到周杰伦了，谁还能闹别扭不开心呢。可他还是不开口，我说你连可乐都没买，他说你又没说，说完我俩都笑了。

舞台非常远。

"你说我们能看见周杰伦吗？"

"肯定能看见。"

我没想到这免费的座位几乎是在看台的最上

面。演唱会随时会开始，但我担心等会儿都不知道周杰伦出来没有，因为看不清哪个是他。我虽然没比别人多喜欢周杰伦，但也没比别人少喜欢他。我是愿意花钱买内场票来看这场演唱会的。想到这儿我就又想生张吉的气。我能碰到他短袖的边缘。我能闻到他身上的气味，他连烟都不抽。

天终于完全黑下来，音乐响起，周围的女生全都尖叫起来。我随着她们的尖叫声努力看，在认错几次后我终于看到周杰伦了，舞台上一个闪光的小点。我终于理解了为什么演唱会上明星要穿丑陋但亮闪闪的衣服。

在短暂兴奋后我就累了，追随光点这种事只有猫能坚持。我决定只看大屏幕，可又不知道这和在家看电视有什么区别。太容易走神了。

其实我大概知道我爸去哪了，因为还有一件

事我没给张吉说，所以我的猜测也不能给他说。我爸在外面还有一个家。这是我半年前知道的，我妈知道就更早一些。

现在是一个很奇怪的时期，一切都还不确定，或者好像还不确定。我妈在原谅与不原谅间摇摆不定，她后来决定只要我爸愿意回归家庭，我们就还可以像从前一样。我爸也摇摆不定，三番五次说等他处理好就回来，三番五次又走。我不知道他们各自真实的想法到底是什么，可能他们在这种混乱之下自己根本也不清楚。

我爸现在不喝点酒就无法在我面前开口。看他为难的样子，还是我来说吧。我对他说，什么狗屁父爱，都是骗人的。我现在想通了，我想让他也明白。你是我爸就永远是我爸，这是一个事实，不会因为你爱不爱我而改变。为什么父亲一定要爱女儿？他妈的不需要。

我说出来后都不知道自己说的是不是气话。

我爸愤怒了，这段时间他很容易就被激怒。他因为我不承认他的爱而愤怒。他仍然以为他是爱我的，他最爱的就是我，他想不通我怎么就是看不见呢。他站起来，把茶杯重重砸下，我妈一定是看到了什么征兆，她使劲把我拉到一边的书房，锁上门。与此同时，玻璃茶几碎裂发出巨响。在门后，我妈和我保持着她拉拽着我的姿势长时间一动不动。隔着门我听见我爸重重叹气，念叨着："都是你妈把你惯坏了。"

我跟我爸对骂过几次，我妈劝我忍下来，就像往常一样和我爸相处，甚至可以更热情一点。不然把我爸激怒了，可能我们就什么都没有了。

爱是没有了，不能再没有钱。爱算什么，钱就是爱，爱就是钱。

我是佩服我妈的，她在关键时刻展现出了她

不曾显露过的一面，如果她当初选择的是事业而不是家庭，一定早已有一番成就。

我看见张吉扭过头来看见我擦眼泪了，然后他又自以为体贴地转回头去。他一定以为我和周围那些歌迷一样，我们一样在看大屏幕，一样看不见舞台上哪个人是周杰伦，但我们仍然被周杰伦的歌声所触动，勾起了某些青春回忆。他的袖口还是会时不时碰到我，但我突然觉得我不认识他，他也不认识我，我俩毫无关系。我们和这场演唱会也毫无关系，我不知道我和他为什么要并排坐在这儿，像看电视一样看着大屏幕。

我本来以为这段友谊的结束在我，是我慢慢疏远了张吉。他后来真的辞职了，自己开了一家奶茶店。他叫我去过好多次，我每次都说好，我也以为我总会去的，但事实上一次也没去过，直到我们失联。

　　回想起和他来往的日子，看演唱会的那一天我记得尤其清楚。那一天既不是特别美好也不是特别糟糕，我记得清楚，是因为我总觉得那天有哪里不对劲。我一直在想是哪里不对，但就是想不出。我就总也忘不掉那天我们站在车前分吃上校鸡块。鸡块要蘸甜辣酱吃才好吃。有一个细节我印象深刻。他咬过一口的鸡块，再去蘸酱，他会把鸡块在手指间转 90 度，坚决不让自己碰到过的地方再去碰那个酱。他是个绅士。可他不需要那么礼貌的，完全不需要。

远到你没办法轻易回去

　　李同对我说他特别喜欢那个女孩，前所未有地喜欢、最喜欢的时候，我也没有什么特别的心情，我只是无法理解，就像无法理解他为什么喜欢他的历任女友一样。

　　他这次联系我，是想托我在美国买一款香奈儿的包，送给那个他正在追的女孩。他还嘱咐了一定要在某一个时间之前买到并寄到，因为那个女生参加毕业典礼要用。这个事除了明摆着的匪夷所思之外，它还非常不划算。香奈儿在美国的定价并不比国内低多少，纽约税率又高，他想追的那个女孩在澳洲，我买了以后还得加一大笔运费给她寄去。但是李同说这些都不用管，给他买到就行。可能只有这样做才能表达他的心意，高定价加税加国际运费，才体现他感情的价值。

不要觉得李同是个傻小子、冤大头，我可是第一次见他这样。事实上，我是第一次见他追别人。从小到大，他一向是个对感情无所谓的人，可是他越不在乎，就有越多的女孩向他示好。回想我们上中学那会儿，他就是校园里随处能见到的那种男生，整天抱着篮球推着自行车晃来晃去，没有烦恼没有心事，就晃来晃去，晃来晃去。可他和谁都能成为朋友，不管是男生还是女生，尤其是女生。有些人你都不知道他是怎么认识的，但人家就能自然而然交上朋友。交朋友是种天赋，会的人不用教，不会的人学不来，这点我是从李同身上知道的，所以我在人生很早的阶段就不再在这方面勉强自己。可我的父母反倒比较担心我，他们还专门给了我一笔经费让我和同学出去玩。我十来岁就像后来人们流行的和闺蜜去喝下午茶了，现在想来十分荒诞，人在将要长大成人但还是孩子的时候无论做什么都多少带点荒诞。

· 2 ·

李同和我学着大人的样子讨论爱情是在小学六年级的时候。一个课间，他溜达到我这儿，在前排一个空位上朝后坐了下来。说"学着大人的样子"是因为爱情是一个大人的话题，我们那时候还不知道人长大了以后其实就不再谈论这种无意义的事了。可那时候我们还小，以为对于大人来说这是顶重要的事。我们当然不会直接讨论"爱情是什么"，虽然我们对这件事充满好奇，但在那个年纪还没有这么抽象的思维，我们做的就是相互刺探对方喜欢的人是谁。

那时候我心里是有一个人选的。一切都源于

一个瞬间。四年级的六一儿童节，乍一说还真不习惯，长大了年年蹭过儿童节，但真正过六一的时光已经遥远得像上辈子的事了，上辈子的事总不好意思轻易提起。四年级的六一联欢会，我要表演一个节目。所有人都知道我要表演一个舞蹈节目，就像每年一样。学校里的舞蹈老师用给别人三倍的时间给我化了妆，演出服上的亮片是我妈妈前一天一片片缝上去的。那时候流行一种化妆品，我不知道叫什么名字，好像没过几年就消失了。它看上去就像胶水一样，里面沾满小亮片，把它用滚珠涂到眼皮上。我唯独对这个东西印象深刻，是因为我不知道涂上它是丑还是美，唯一能确定的是它不是极美就是极丑。我身上一闪一闪的，眼睛上也一闪一闪的。那几年突然流行起这些闪亮的东西，眉骨要打高光，还有白色的眼影，一切都在强调未来感，人们的眉毛眼皮都在为迎接新千年做着准备。

　　我顶着一身的亮闪，坐在太阳底下看节目。我记得有一次在剧院看舞蹈比赛，那些专业的舞蹈演员个个漂亮，再加上夸张的舞台妆，每个人都像一朵明艳的牡丹花，开到最盛，再开就要爆炸了。我记忆最深的是，看见一个像是从敦煌壁画里走下来的姐姐。她好美，我就远远地盯着看她化妆，直到她开始用眉笔为自己画那种卷起来的鬓角……我吓住了。我从来没有想过这些可能是假的。我留心看了她的节目，技艺精湛，举手投足间妩媚动人，但总是哪里有令我说不出的怪异和不安。

　　我坐在台下想起这些事。眼前的节目没什么意思。在学校跳舞比在舞蹈班跳舞轻松多了，在学校能跳独舞，独舞意味着你跳错了也没人知道。随便跳。全校上千双眼睛齐齐看着你，刚开始你还会觉得不可思议，习惯了你就只会认为这是应该的。

在舞蹈班，老师教我们把胸挺起来，把头抬起来，手要伸到最远，腿要伸到最长，一定要傲气，仰起头来好像用你的下巴尖在看人。芭蕾讲究的是控制。无论是你踮起脚尖还是把腿抬起，控制住，控制你的身体，就算你的脚尖再疼、腿再抖，忍住，坚持，这么一会儿就坚持不住了？控制住你的身体。落地一定要轻，你们是要把地板砸出个窟窿吗？不要有声音，控制住你的身体。转的时候重心在你的头顶前上方，找准重心你怎么转都不会晕……练习练习练习，控制住你的身体，然后用你的下巴尖看人。

我不知道。我不知道为什么要跳舞。我讨厌舞蹈班的女孩子。我总觉得她们中的大部分人都理解错了，老师只是让她们在跳芭蕾的时候傲气，不是要她们每时每刻都用下巴尖看人。可我又知道什么呢，我总在讨厌她们和融入她们之间摇摆不定，或者说我既讨厌她们又不由自主地学她们，既想学她们又忍不住讨厌她们。我也不知道为什么要跳芭蕾。你练习练习练习，最终就为了能在舞台上像没花一点力气一样展现你用汗水和血水换来的那几分钟的优雅和骄傲。

可我并不感到骄傲，我只觉得疼，因为忍不了疼我总是感到很吃力。我也不优雅，我总怀疑我并没有见过真正的优雅，致使我对于这个词本身都有点厌恶。

我坐在那儿等待上场，前面还有好几个节目。我并不紧张，那是一段跳了无数遍的舞，只是想想又要来一遍，就觉得多少有点无聊。这时有一个男生走过来坐在了我的后面。这是我真正想讲的事情。抱歉前面说了那么多，终于到了我真正要讲的部分。我们认识，他比我高一年级，因为学校的活动经常见到，可能偶尔说过话。或许这时候我后面有了空位，他就坐了下来。突然有一个人出现在你后面很近的位置，你会下意识回头看一眼，人都会这样。何况我的演出服是露着半截后背的，有一个男生坐到后面，我条件反射地扭转过身去。我也不是要跟他打招呼，我也可能想跟他稍微打个招呼，毕竟我们是认识的，那时候我还不知道"潜意识"这个词，总之我就转身看了他一眼。你猜我看见了什么？我看见了他不敢看我。他就紧盯着斜前方的地面，身体要定未定，好像不知道自己应不应该继续坐在这里。我的后背一下烧了起来，头脑中像被什么一击，周围的一切顷刻间消失，只剩背上和脸上又热又凉。

后来好几个节目的时间，我都陷在这种奇怪

的感觉里面，并在想这究竟是什么。我没有再回头，我能感觉到他就坐在后面，好像自我惩罚一样一直坐在我后面。

我不知道该不该给李同说这件事，不知道说出来他会怎么想，能不能理解这件事。我当时也没想过来，后来的一年里，我的整个五年级，我和那个人在学校里碰过几次面，但都没有说话。我不知道是因为每当我们见面，就会有一种奇怪的氛围出现，还是只是我的感觉。再一年他毕业了，听说他没有去我们直升的那所中学。也就是说，我再也见不到他了。是这之后我才发觉那件事情可能意义重大。但意义何在，我还是说不好，我不知道该怎么对李同形容这件事。

我就让李同先说。让我来看看他喜欢的类型。那时候电视上的明星也总是会被问"喜欢的异性类型"，每一个明星都会被问，好像通过这一个答案就能立刻知道关于这个明星的一切一样。那时候人们也总是说"异性"这个词，因为观念的改变，现在倒不太常用了。对于十二岁的小孩来说，"异性"是一个多么高级的词语，竟然还有一个词能概括所有与你有着不一样性别的人。与你性别不一样，就意味着一切都不一样。你要是会说这个词，你差不多就是一个大人了。

李同还要想一会儿，不知道是真的在想还是故意不说。过一会儿，他似乎想好了，就轻轻凑近我，双眼盯着我，先笑起来，然后轻声说了一个班里女同学的名字。

我对李同的不理解就是从那一刻开始的。我怎么也想不到他会喜欢她。倒不是那个女同学有什么问题，就是不可能，他们根本不可能。我从没有见过他俩在一起玩，他们连朋友都不是。他为什么喜欢这种小小的、像小孩一样的女生？

后来我也没听过他们有任何交集，这让我觉得李同当时一定是在骗我。

· 3 ·

上了初中，新千年的开始，伴随着各种数码产品的出现，世界变快了也变丑了。

我终于可以不用学舞蹈了。舞蹈班最漂亮的那几个同学都考去了舞蹈学院，她们已经提前一步跨入成人的世界。初中规定女生一律短发，除非有特殊情况。我也可以说我要学舞蹈，但如果全校只有我一个人留着长发，经过的人都会说你看你看，她是长头发，她是跳舞的。那太可怕了。我对头发没有执念，让剪就剪，只是剪完以后，看着镜子里的自己，我完全不认识了。我变成了一个短头发穿校服的普通初中女生。世界更丑了一点。

　　我和李同没有被分到一个班。当我终于在路过车棚时迎面遇上了推自行车的他,我告诉他我有电子邮箱了。我兴奋地告诉他我的邮箱地址,当场报出了那一长串数字字母加符号。我有点后悔取了这么一个邮箱名。他当时脸上也很兴奋,现在回想起来那可能只是一个刚上初中的少年每天挂在脸上的常规兴奋。终于可以骑自行车上学了,自行车是一个通往自由的工具,到了一定年纪才能拥有。我的家离学校太近了,顺风的时候都能听见上下课铃声。所以我没有自行车。那些有自行车的同学一定有更广阔的世界,他们想去哪里就能骑去哪里。

　　我们的班主任给我们讲了"慎独"的概念,她说你们已经上初中了,不再是小孩子了。成为大人,最重要的就是"慎独",有别人看着的时候每个人都差不多，但当你一个人的时候，你是不是也能像没有人看着你一样，做正确的事，做你该做的事，这是一个人面临的最大考验，也是将你和别人区分开来的最大因素。我觉得老师讲得很有道理，并且，这也是我非常擅长的事。

我总觉着做正确的事容易，做该做的事容易，做不该做的事才需要勇气。我们班有一个女生叫陈思思，她几乎是我的反面，除了学习和我一样好。她不甘于只做一个短头发穿校服的普通初中女生。她把头发留到刚好介于长发和短发之间。她在白色校服 T 恤下面穿着吊带背心，到了下午的课间就嚷着太热了脱下 T 恤。她让好男孩做她的好朋友，让坏男孩做她的男朋友。她周围是一个以她为中心的小宇宙。我觉得他们好幼稚。她只是不甘心做一个普通女孩，想得到所有人的关注。我知道老师喜欢她和喜欢我一样多，即便她做了好多老师说不应该做的事。她们嘴上说着她不应该早恋她不应该做这么多令她们头痛的事，但我知道她们是喜欢她的，因为她的学习成绩是最好的。数学老师有一次和我谈心，说我应该感谢陈思思，因为有一个人和我竞争我才能一直进步。我不知道她有没有和陈思思说过一样的话，我只是在想，大人说的话到底应该相信多少？我又该做一个怎样的初中女生？

李同从来没有考进过我们考场，当时每次考试都是全年级按上次考试的成绩排考场的。课外辅导班也是按成绩分班，好学生周末在一起学更难的英语、更难的数学、更难的物理。有趣的是，学生按照成绩组成了一个个圈层，它把最不愿意待在一起的人捆在了一起，让大家互相有个参考，有人和你竞争你才能一直进步。李同像被圈在外面一样，我更少能看见他。想起我们小学坐同桌的时候，数学卷子做完了我们就在那儿对题，其实没必要，为了那三分两分的。老师搞不清我们谁在抄谁，总是朝我们这边看。她越看我们，我们反倒越兴奋。我们就偏要在那儿对题，好像考试不重要，我们之间的输赢才最重要。他也有赢我的时候，我们输赢各一半吧。所有人都相信男孩子只是贪玩，晚熟，等上了中学课程越来越难，他们就会轻轻松松超过女生。我希望李同不要再玩了，我们应该有一样的目标。

某一个周六，虽然大家来学更难的数学，但毕竟是周六，整个校园的氛围是轻松的。人少了，学校安静了，叮是每个人心里都更加躁动。因为不是原本的班级，课间大家总是互相串门。我看见李同扒在我们教室门口，不知道他来找谁。这时陈思思刚好要出去，他叫住经过他的陈思思说了什么，然后他们俩就一起出去了。我坐在原地没动。

那天放学，我走的时候李同还在校门口，他们班的几个人每个周六中午都要在校门口集合，下午一起出去玩。他问我你们班是不是有个叫陈思思的，他说"陈思思"三个字的时候好像不确定是不是这三个字似的，非常陌生，但脸上又是藏不住的得意扬扬。我说是啊，扭头就走了。

那个周末的语文作业是一张卷子，就像每周一样。我已经忘了那张卷子作文的题目是什么了，但不知为何，我心血来潮想要写写自己。我讲了小时候练舞多么苦，如何遭到舞蹈班同学的排挤，边写边哭，边写边哭，我要把我这一生受到的全部委屈都写出来。我需要把它们讲出来，我曾经想给我妈妈讲，她只是让我再坚持坚持，我曾经想给学校的老师讲，她们只当我是学校里最会跳舞的小孩，如此受人瞩目一定是全校最幸福的小孩。我想有一个朋友，我们可以交换所有的秘密，我们会是最了解对方的人，我们知道什么事情会让对方生气、难过，而我们绝不会对彼此做那样的事。

　　周一，我怀着无比忐忑的心情把写有我的秘密的语文卷子交上。那个时候，或者说交作业的前一天晚上，我第一次体会到什么叫作脆弱。你把自己暴露出去，你就有可能受伤害，但是，你还是想要冒这个险。我想了又想老师看后会有什么反应。她会找我谈话吗？她会在我的卷子上留言吗？总之她会发现我并不是平时大家看到的那样，我并没有那样强，也没有那么骄傲。虽然她不是我的班主任，但她是语文老师，她一定能理解。

　　作业发下来了。我赶紧把卷子翻过来看。作

文上画了一个对钩，批了一个"阅"字。那天我发了两个誓：一、我再也不会这样写作文，二、我再也不会理李同。

初中剩下的时间里，我真的没再理李同。我猜他也看出来了，一开始还会和我打招呼，后来面对我他总是一副疑惑的神情，再后来他也不再理我了。我还是每周会查邮箱，从拨号上网查到宽带上网。我想如果他给我发了邮件我就原谅他，只要一封邮件，不管他说什么。可是我的邮箱除了零星的广告，始终是空的。

· 4 ·

我常常想，心里什么都没有是一种什么样的感觉。我肯定有过无忧无虑的时候，人在小时候都应该是无忧无虑的，可当你有一天不再无忧无虑的时候，你就会忘了在那以前是什么感觉。这是个时间早晚的问题。我原本以为自己小时候就是个脑袋空空、只知道漂亮的傻女孩，多年以来我对童年的自己一直是这种印象。直到前阵子翻相册，发现我以前也是有眼神的，那眼神甚至还有一点复杂。我简直对自己刮目相看。太不简单了，明明那个时候也没什么值得忧虑的，不知道每天在瞎琢磨些什么。人是不是是什么样就是什么样，并不会随着时间的推移而改变，或者说成长？人的一生就是你挨过长长或短短的时间，只是一个时间长短的问题。

男孩晚熟，我不知道李同什么时候才能成熟起来，我怀疑他这辈子都无法成熟一点。我没有青春期，我一直都想当个好学生。李同似乎也没有青春期，他一直都轻轻松松地当着一个中不溜的学生。他做什么都很轻松，很轻易，我知道我心里是喜欢他那种劲儿的，那是我完全没有的东西，更要命的是，那是你无法靠努力获得的东西，这是个悖论。

可是，他随意的作风也会显得我这种人很可笑。高一的时候，等我思来想去还是要到他的QQ加了好友之后，他告诉我他有正式女友了，是他初中同班同学，这次是正式的，第一次，初恋，真的女朋友。

去你的女朋友。我问他喜欢她什么，他也说不出。那你们怎么就在一起了？他只发了个偷笑的表情。我还没来得及解释我为什么突然不理他了，也没有告诉他当他不理我的时候我有多难过。那一刻，好像那些过往都不曾存在过，李同在我们相互不理睬的时间里，自己的生活有声有色地展开，什么都没耽误。

我在省重点的实验班，班里的学生是全省考

进来的最厉害的人，虽然没有陈思思了，但那些人每一个都比陈思思更聪明、更疯狂。我当时觉得我那一年受了这辈子最多的打击，在新学校没有一个朋友，在班里都考不到前面，还没有表白就被拒绝……我又要重新认识我自己，重新认识这个世界。

陈思思和我不在一个班，但我猜她也在经历着我正在经历的。已经没有人围绕着她了，偶尔在楼道里看见她，她总是和他们班的一个女生形影不离。我知道不应该这样说，但事实上那个女生就是很丑，陈思思一定是故意选她的，用她来时刻映衬自己的美丽。

我高一下学期突然也有了一个无话不谈的朋友。我已经忘了我们是怎么认识的，可能是周末在省图学习的时候。她是我初中的校友，脸熟，但以前从没说过话。不是都说花季雨季，谁能想到人在十六岁的时候会这么寂寞。我把什么都向她说了，我告诉了她关于李同的事，这是我和谁也没有提起过的。有一个人能够与之分享这些真好，这显得我不完全是一个傻子，或者不是世界上唯一的傻子。我还给她讲了我在实验班遭遇的挫折，我告诉她那简直不是人待的地方。我们相约高二一起读文科，希望能够分到一个班。

到了高二，我们还是没能在一个班。有一次课间，我俩经过我原来的教室，语文老师正在讲东西。如果说高一的班级还有什么是我舍不得的，就只有我的语文老师，她会讲一些只有在她的课堂上才能听到的东西。我和朋友说我们站这里听一会儿吧，她说你还是舍不得你的实验班。

我突然意识到我们的友情是多么虚假。我甚至立刻想她一开始为什么要接近我。如果当时她换一种语气，不是用那种带有嘲讽的语气，我还会不会反应这么大？如果她用比如同情的语气、比如开玩笑的语气，说"你还是舍不得你的实验班"？我发现那是一样的，这不是语气的问题，这句话本身就是错的，她根本不明白我，她只不过是在用一般人的小心思揣度我，就像她根本不是我的朋友一样。

原本的亲密已经让我有点厌烦，可能问题就出在这份亲密根本是建立在虚假的基础之上。我们就是两个到了新环境无法适应的小孩，随便抓到了彼此，然后扮演我们是世界上最好的朋友，越演越起劲，互相加戏，变本加厉。可是，假的就是假的，早晚有一天会露馅。人真的很奇怪，你根本不可能假装喜欢一个人。假装喜欢可比假装讨厌难多了。

令我没有想到的是，高中三年陈思思一直和

她的小跟班在一起。或许她们的关系并不像我想的那么简单，那里面一定有某种更结实更深刻的东西。又或许，她们只是假得更彻底。我也只不过作为一个外人一直在观看她、揣度她。

　　高二的时候就听说李同和他曾经那么"正式"的女朋友分手了，我实在是不知道他一天天的都在干吗，为什么他要把生活过得跟开玩笑似的。我每天上学放学坐的车都经过他们学校，在那条街上，能看到许多穿他们学校校服的人，可是我一次都没有看见过他。我也不能怎么样，他早就已经拒绝过我了。其实我一开始也没要和他在一起，当什么男朋友女朋友那一套的，我知道那不可能，我自己都想象不出那个画面。但那感觉就像，你每一次望向人群，你想找一个人，但每一次都落空。街上来来往往的都是与你无关的人，没有人朝你这边多望一眼。

　　我想象不出李同和他单方面如此喜欢的人在一起会是一种什么样的情景，他说得好像二十五了第一次遇到令他心动的人一样。说想象不出其实也想象得出，他们在一起就一定很无聊。他会带她去尽可能高级的餐厅，拼命问她喜欢什么想吃什么想玩什么想要什么。不然还能怎样。他追这样的女生还能怎样。我不知道李同小时候的机灵劲儿都哪儿去了，还是说人一旦动了真心，浑身的本事就都没用了？

　　他开始在微博转发一些抒情句子。我说你别转那些了，都是骗文盲的。我不知道那些破句子是真的表达了他的心情，还是他其实什么都明白，只是想借用这些流行的俗套来骗骗小姑娘。人真的很奇怪，平时好像心里什么都没有，可是真有了什么心情，想表达起来又那么难，自己已经说不出什么了，只能靠转发别人胡说的。

上了大学后，我们见过一次面。那是有一年的圣诞节，我实在不记得我们为什么要见面了，好像是他说他搬家到我的大学附近了。当然，朋友之间见个面，也不是非得需要一个理由。但我们不是那种会轻易约出来吃喝玩乐的朋友。这或许是一个惯性。如果我们认识的时候不是小孩子，可能就会按照大人的方式来往。但我们原本是两个小孩，小孩永远生活在夹缝中，小孩之间的交往好像也总是偷偷摸摸的。当没有东西压着你的时候，你只当头顶的石头还在。

我早就记不得我们那天晚上都聊了些什么。我就记住了自己全身轻飘飘的感觉。餐厅里灯光很亮，空气中充满了人造的节日气氛。窗外是马路对面的大教堂，每年圣诞夜都会举行大型的弥撒活动。我一次没去过，听说人太多了根本挤不进去。这天来餐厅的要么是家人要么是恋人，排队开心吃下定价离谱的圣诞套餐。我们是两个没有关系的人，夹在热闹的人群中吃两份常规餐。但这又有什么关系呢，那天对于我来说已经是异乎寻常了。我们又重新坐在一起了，就像很久以前他来到我的前排朝后坐下。

不知道是不是灯光的事，那天整个有点超现实。好像中间那些年都不存在一样。可是，我看着眼前的他，那个形象又是叠加的，从小孩一直到长大成人。我不停地找着对比着，看他哪里还没有变。

我就记得那天他说小时候大家不该说他聪明的，他真的把自己当一个聪明孩子一样过，一晃，长大了，完蛋了，发现被骗了。我记得这个是因为我觉得我一直在当薛宝钗，而薛宝钗是不被喜欢的那个。他突然说了这个，我好像有点意外被平反的意思，可是这又有什么用呢，薛宝钗仍然是不被喜欢的那个。

上了大学这两年，他的情况我基本了解。我总是找他问，问他最近怎么样。但我却很少说我自己的情况。不知道为什么我很难开口说自己。这倒也不是面对他我才如此，我就是一个很难开口直接谈论自己的人。那两年是博客的时代，特别流行写那种不停按回车键分很多行但是又不能叫诗的东西。我可能写了很多那种东西。有太多的感情需要抒发，找不到男朋友的失落、找到男朋友的欣喜、失去男朋友的伤心、找到男朋友的欣喜……就总爱发一些模棱两可又自认为深奥的句子，想让人看懂又不想让人看懂。李同肯定是看见了，可他从来也不问。要么是不好意思开口问，要么是根本不关心。我想两者都有吧。

那天吃完饭，我和他往马路对面的学校走，他回家也顺路。和我们一起过马路的还有好多捧着苹果往教堂赶的人。我似乎还需要提醒自己一下，你已经是一个成年人了，你可以做任何你想做的事。那时候我倒也没有什么具体的想法，我不知道我们是还要去哪儿或是就此分别，不知道下次什么时候再见。但我也不好开口去问他的想法，如果问了好像我在提要求似的。我不想拖着他，好像他需要陪我做什么，需要在我身上花时间，如果他不想的话就真的不需要。

到了学校门口，他说他要跑回家了，憋着一泡尿呢，快憋不住了。看他着急的样子，我说你赶紧走吧。他整个就仓皇逃跑。大概我到宿舍没多久他就来了短信说到家了，看来真的跑得很快。

现在回想起来，这件事好像还挺伤人的。但是在当时我确实没有感觉到什么。虽然有点意外，但这完完全全是他能干出来的事。如果你觉得这都算伤人，那他干的什么事情不伤人呢。

· 6 ·

从坚尼街地铁站出来，眼前开始出现中国字，路上人来人往几乎都是黑眼睛黄皮肤。这个地方和你长大的地方有点像，但又不一样，并且像与世隔绝了一样保留着很久以前的样貌。对我来说，中国城像是一个凭空而来的虚构的地方，这种平行世界般的时空错乱，才会让你真正意识到你已经离家很远了，远到你没办法轻易回去。

和同学们来吃顿早茶就算过春节了。桌上除了交流八卦，聊得最多的就是实习和毕业去向。

大家要么急着实习找到能给工作签证的工作，要么抓紧修完学分拿到硕士学位回国。我有点插不上话，因为我实在没想好到底该干点什么。有目标的人和没目标的人各有各的焦虑，不知道哪种焦虑更难熬一点。只是没有想到，我变成了一个失去目标的人。

李同已经工作了，一天到晚很忙的样子，加上十二小时的时差，我们已经很难凑到一起说点什么了。我之前一直拖着没给他买那个包，一是这学期课业很忙，二是我总还是觉得这件事不可思议，寄希望于过段时间他能自己冷静下来。有一天我正在上课，他突然发来微信问我给他买了没有。得到我否定的回答后，我感觉到他有点生气，但还是尽力保持着平静和积极的态度，让我尽快帮他把事情搞定。后来我还是照办了，跑到第二家香奈儿终于找到了那人要的那个款式。为了赶上时间，还用了特别贵的一种快递方式寄走了。我觉得在多花了好多运费这件事上我也有责任，不过后来李同说赶上了，感觉他是真的挺开心，那我也觉得就还好，他愿意就行。

吃早茶的时候我和同学提起这件奇葩事，她们也无不被李同的真心感动，感叹去哪里还能找到这样的男孩子。有一个同学问了一句他给你钱了吧，听到我说还没有，她们纷纷表示惊讶，因为一般默认代购这件事是先付钱的。

她们不明白我和李同的关系，我也无法三两句和她们说清楚。不过，既然她们都是一致的怀疑态度，这难免也让我在心里产生了一点动摇。我第一次去问了李同什么时候能把钱给我。他让我再给他一些时间。我不想去要钱，我不想看他窘迫的样子。但要钱这事会上瘾，当你不知道该和他说点什么的时候，你就去要钱。他一次次找各种说辞不能给我，就一次次更让我觉得他是在耍我利用我。我知道我的心态在一点点发生变化，直到一年后他把钱给了我。收到他转账的那一刻，我才知道我更希望的是他永远不要把钱给我。为什么要为了一个破包搞成这样。

我在林肯中心看了人生第一场芭蕾舞剧，纽约芭蕾舞团的《天鹅湖》。一开始还能忍住，后半程几乎是哭着看完。周围的人都感到奇怪，为什么看个芭蕾舞都能哭成这样。问题是当你知道那有多难的时候，你才会知道他们跳得有多好。轻盈曼妙，就像没有重力一样。仅仅就是看到了他们高超的技艺，单纯为这个叹服到泣不成声。我知道我永远不可能那么好，但是最美好的就在眼前，你知道它是存在的。这，还不够吗？

代

价

一个周五晚上在书店，我想写点东西，不料旁边桌来了一对情侣。好好的周五晚上，好好的情侣，来什么书店。我本以为整个周五晚上的书店都是我的，他们坐到旁边，就像一屁股直接坐到了我的桌面上。

他们还点了咖啡，那个女孩又担心起晚上喝咖啡会不会睡不着觉。一对稀里糊涂的情侣。男孩说睡不着可以来我家，可能他太年轻了让这话不带一点儿猥琐。女孩说"得了吧"的那种不当回事宣示着她在两人之间的主动权。男孩又说，那你可以给我打电话，用很有担当的语气。我都有点感动了。女孩说给你打电话干什么。原来他们还不是情侣。可能会是也可能就此算了，我对他们产生了点兴趣。

他们还真看起书来，一人一本，煞有介事。

安静了没一会儿，男孩就问，你想逛街吗，

要不我们去喝酒。他终于想起来了，何必来书店，我也希望他们能度过一个美好的夜晚。男孩给女孩罗列了附近可逛的地方，去三里屯也不远，去那儿喝酒，可以走过去，不然就打车。其间，女孩问了好多问题，比如男孩去过的酒吧叫什么名字，那里什么酒好喝。男孩试图捕捉她言语中对他这一提议的兴趣，跃跃欲试，眼看他就要收拾东西出发了，女孩扔下一句，喝什么酒呀。

男孩真笨，他的笨都让他显得那么纯洁。他说明天有人请他吃饭，他要带着女孩去，女孩说不去，周末只想在家躺着。女孩说之前抽他的烟现在还有点不舒服，男孩说那我再去买两条。这人一开口就跑偏，我倒是建议他有话直说。他应该是喜欢女孩的，他的心思让他的反应走了形。

就在我认为他俩一定没戏的时候，女孩又开

始主动找男孩说话了。她问男孩，你觉得我化妆好看还是不化妆好看？我实在不知道这个问题是从哪来的，她在看一本教化妆的书吗？再说，这是什么问题？如果你不化妆好看，那为什么还费这个事化妆呢。男孩当然回答说化妆，我说什么来着？随后他又补上一句，不过化妆会有距离感，你化妆的时候我就不太敢说话，说话前要想想。

女孩笑了出来，怎么会呢，她说完娇羞地低下头。我当然看不见她低下头更看不见她的娇羞，我不可能扭过头去看着她，表明我一直在偷听。不过我也不是故意偷听，有正常听力的人在这个距离都自然能听见。我都能听清楚她这句话里的含糊，她声音里的含糊表明她内心有了波动。

他们又开始"看书"。没一会儿，女孩又来

了灵感，她问，你觉得我是长头发好看还是短头发好看？省省吧。你觉得我好不好看？你觉得我怎么好看？你觉得我怎么样更好看？这些问题都和好不好看无关。如果一个女孩还没有确定这个男孩是否喜欢她，她是不会问出这样的问题的。她就是让他看她，好好看她！然后呢，男孩自然就上钩了，他说长发更好看，回答前还假装思考一番。这问题有那么难吗？因为女孩就是长发。紧接着这两个人对长发女生和短发女生进行了一番刻板印象的比较和品评，末了女孩说你别看我现在留着长发，其实我内心是一个短发的人。她一边说，一边撩动自己的发丝。我当然还是没有看见她的动作，我之所以知道是因为她对男孩说你别看了，你看着我干吗。

　　我实在是受不了他们了。非得玩这个游戏不可吗？说你们想说的话、做你们想做的事不好吗？兜这个圈子干吗呢？"谈恋爱"这个词也蛮有意思，就像恋爱真的是谈出来的一样，我们来谈谈你出多少我出多少，看看合不合适能不能成交。我不知道像这两个人谈下去，能谈出什么来。

我没有谈过太多恋爱，倒不是我觉得谈恋爱没劲，确实是没那么多恋爱可谈。唯一一次男孩也喜欢我了，我就嫁给了他。赵南问我对我丈夫现在是一种什么感情，我毫无防备，这是什么问题？什么叫"现在是一种什么感情"？他真正想问的大概是结婚这么多年，你们还有感情吗？我当时没反应过来，给出了一个特别老套的答案，老套到都没必要再在这里说。到底该怎么回答这个问题，我思考着，就好像以后还会被问到一样。想着想着，那天在十字路口遇到的男女跳了出来。

前几天在等红灯的时候我前面站着一对男女。男的指着远处的高楼说，你看这高楼高不高，在上面哪儿都能看见。女的心思在别处，没有理他。男的拍拍女的又问，你看这高楼高不高？

我站在他们身后当即就笑出了声，他一个三十来岁的人说话怎么像个三岁孩子，关键是他自己浑然不知，他的伴侣也不觉得有任何异常，整个画面竟透着一股滑稽的诗意。

这根本就是我理想中的婚姻状态。就是说你跟一个人在一起，不用过脑子。你花了那么长时间和一个人在一起，认识彼此训练彼此，终于有一天，终于有那么一个人，你们在对方面前说话做事前再不用想了，这是多么来之不易的轻松。他成了你的一部分，这样一来你每天对他说一百遍我爱你或者我想杀了你，你们也没人把这当回事，就当没听见。你会不爱你自己吗？不管你多么讨厌你自己，不管你能明确说出自己身上多少缺点，在更深更本质的层面，你会不爱你自己吗？你对自己说话做事还需要有什么顾忌，不能像三岁小孩一样吗？不过这会有一个弊端，就是你常常想不起他来。有得必有失，你选择了这种安稳和轻松就要接受由此带来的平淡甚至无聊，这其实是一回事，一件事情的两面。当然这不是说你结婚了出了家门也可以不带脑子，出了门可一定要把脑子带上，赵南不知道这点，所以他傻×了。不过这就是另外一个故事了，我不再展开，也许有一天你们会在赵南自己的小说里读到。好久以前一次聚会上他问我们，你们会为了真爱付出的最大代价是什么？我们问你娶十吗，他说没事，在写一个小说。

赵南为什么要单独向我敞开心扉？他为什么

偏偏觉得我能理解他？他的意思是，谁结婚多年没半路杀出个真爱，谁遇到真爱还能把持得住，那可是真爱啊。

这么多年，你就没出过轨吗？他问这个问题的那种直白和迫切是我没能想到的，怎么会有人问这个就像在问你长这么大没吃过猪肉吗？他的语气让我十分想回答出过出过，我和你站在一边，以不辜负他的一片坦诚，立刻解救他于水火。我说没有，但我喜欢过很多人的。他说喜欢不算。喜欢怎么就不算了，况且我说的是事实。

赵南说爱和喜欢还是两码事。人是很容易喜欢上别人，很容易对别人产生好感，但是爱不一样。他说，虽然一开始确实是因为她是个漂亮的姑娘，对我很热情，找我聊文学，但我爱上她是因为看了她写的东西，一下子觉得这个人我实在没法错过。你懂吗，是她的东西，内容，我特别喜欢，然后她也喜欢我的，这就尤其难得，我没法错过。我说我懂我懂，他说你应该懂的，就像你和徐明。

啥？

我的第一反应不是去澄清我和徐明的关系，因为那样做非常低级和幼稚，简直等于肯定了他这种猜测的合理性。我也没有表现出任何的不快，一个是我这个人在展露情绪方面本来就有些迟缓，其中肯定有一些心理学的原因，但我自己还没太弄明白，再一个是我觉得被他说中了才有可能感到并表现出不快。我试图和他沟通我为什么喜欢徐明，语言尽量明确具体，让他明白跟他想的不是一回事，跟他自己的事更不是一回事。但是我发现赵南并没有心思听这些，他不需要知道我是谁，也不需要知道徐明是谁，他和我们都无关，他只陷在他的"真爱"里，活在他大脑中极为强烈的情感里。我曾在哪里读到过，当一个人脑中存在着极为强烈的情感时，他的边界感就消失了。想到这里，我一下就原谅了他，同时也明白了我无法给他带来什么，聊聊天还是可以的，只是这聊天不会把他也不会把我带到任何方向。

去年赵南还拍着胸脯说渴望离婚，婚姻是牢笼，离婚是喜事，哪位朋友离婚了一定要去祝贺。还说什么没有离了婚的人会想再结婚，再结就是傻。今年他反倒不说了。看着他满脸愁容，筷子没动几下，只一颗接一颗地抽烟，我心想他怎么能没想到会有这一天呢，"真爱"这个词，不说出来还好，一说出来就像是在搞笑。我给他讲起我在书店遇到的那对小青年，他们可能心里正涌动着无限的爱意，心想我这是真爱我一定好好把握，可在外人看来，他们当时真就像傻 ×

一样。我不知道是不是只有人类之间才有"真爱"这个东西，可是人真的配吗？

就拿我来说，别说那些高尚的抽象的大词，别人对我稍好一点，我就不知道该怎么着了。比如有一次我在肯德基取餐的时候店员冲我笑了，肯德基的店员什么时候冲人笑过？她一笑，我就忘了问她要番茄酱。我以前常去一家星巴克，每天都在固定的时间去，店员看我脸熟了以后每次见到我就开始冲我笑，在她为我免费升了两次杯后，我换了一家咖啡店。有时候你就是会用最不应该的那种方式回应对方的好意，因为你就是个傻子，你什么也不知道。我小时候第一次去 live house 看演出，被那种现场震住了。演出结束，等我有机会和一个乐手说上话，他也对我说了好多好听的话，还告诉了我他们住哪个酒店，我就因为这个爱上了他，可后来才知道他想要的只是那天晚上我能去他的酒店房间。人在特别好或者特别坏的东西面前，照出来的不过是自己的虚弱和无知。

前几年我丈夫有机会在纽约工作一段时间，我就跟了去。我在那里没事可做，就报了个创意写作班。我们老师看上去是个老嬉皮，他除了在这所学校教写作之外，还在一所音乐学校教吉他，用教课的钱来养活自己的音乐创作。他是我认识的第一个纽约客，让我觉得纽约人人都是艺术家。我们每周上一次课，课上一多半的时间用来让同学们朗读自己这一周写的作业，一般是一个小短篇或者片段，老师和其他同学听后点评、讨论，在课上没有读到的作品老师会带回去批改。这种不拿学位的写作班几乎相当于成人的托儿所了，反正是培养兴趣，老师自然以鼓励为主，而且美国人嘛，鼓励起人来尤其不惜力气。

我在这个班上就获得了极大的鼓励，甚至一度让我觉得我干不了别的，我就该写。因为我是班上唯一的外国人，可能终于有人写的不再是白人中产的无聊生活了，大家对我的东西表现出了兴趣，一般朗读作品是自愿的，而我每堂课都会被老师叫起来读，我一方面感到无法逃避作业的巨大压力，一方面又受宠若惊。我记得我们老师给我写过的一个评语是 a joy to read，joy 还加了双下画线。

到了第二学期，所谓的进阶的课程，我们换了一个老师。我差点没通过，一个不拿学位的课，我差点没通过。因为我始终接受不了这个新老师，新老师也不喜欢我。

后来在我临回国的前几天，我在学校附近的车站转车，遇见了原来的老师。他叫我，我想这里怎么会有人叫我呢，发现原来是他。我把我后来的遭遇当笑话讲给他听，他很惊讶。他还告诉我几天后他有个演出，希望我可以去听。我说好啊，其实那个时间我已经回国了。我不知道我当时为什么不给他说我要回国了去不了了，或者我可以发个邮件告诉他，但我什么都没有做。我们后来就没有了联系，虽然我还时常会想起他。我承认人和人之间是有气味相投这回事，你足够幸运体会过，你就懂得那是一种什么感觉，但这种东西可遇不可求，你根本无从把握。

　　我还没有搞清楚刚才和赵南的见面究竟是怎么一回事，我是该为我收获了如此坦诚相待的友谊而感到高兴吗？还是该为无法开解朋友而感到愧疚？或者应该为他对我肆意的猜测和毫无顾忌的问话而感到生气？我就在大街上走着，一直走着，天色开始变暗了，天黑得越来越早了。初冬傍晚的空气里有种特殊的味道，混杂着雾霾、汽车尾气和街边饭店的饭菜香。我想多走走，搞清楚这究竟是怎么一回事，当很多种情绪混杂在一起的时候，你自己也闹不明白你正在感觉到的是什么，那感觉就好像你根本没有感觉。

我挺想给徐明发个微信的，给他说赵南非觉得咱俩有事，你说好不好笑。但是，徐明又能说什么，你期待人家说什么呢。我把手机放回了包里。

济 南 的 冬 天

蒋婷和于好约在恒隆的姜虎东吃饭，他们见面时就像商量好的一样，谁也不流露出半点久别重逢该有的夸张神色。蒋婷先到的，于好到的时候她也没站起来，她除了含笑抬头，几乎一动不动。她应该都想过了，彼此早该算是陌生人了，不是说人全身的细胞七年就会换一个遍？但他们总归不该是那种客气的关系，像陌生人初次见面那样客气就太假了，假会毁了一切。

大概烤肉真的是两人想吃的，大冬天的，总是让人想到烤肉火锅一类令人暖和的食物。于好选了这家，蒋婷当即同意。这当然不是一次约会，不是说男女单独吃饭就算作约会，所以他们不顾油烟不顾气味选了这家，并且把时间定在了周六中午，好像有意要声明这一点似的。

在于好来之前，蒋婷换了两次桌位。一次是从服务员引导的位置换到了角落的一桌，坐了一会儿她又觉得位置太偏，反而别扭，又换到了靠餐厅中间的位置。人渐渐多起来，眼看就要排队了。他们知道这个情况，所以蒋婷先来，于好也尽量从单位早点走。两人配合默契，不出一点差错，他们心里知道，这并不是出于默契，而是出于害怕。半年前蒋婷联系于好的时候，他正在外地的项目上，后来于好又联系了蒋婷几次，直到最近两人才都在济南，或者说他们都决定他们在济南。

见面都还能认出彼此，怎么会认不出呢，现在他们面对面坐着，只能看着彼此，谁也别想逃。于好说来的路上天越来越阴，估计要下雪。蒋婷说她这几年在济南待的时间不多，印象中济南的冬天都是这样灰蒙蒙的。济南三面环山，他们以前课文里学过的，"小山整把济南围了个圈儿，只有北边缺着点口儿"。这就导致了一个结果，雾霾总散不出去。

"北京这两年好多了。天蓝的时候多，天蓝的时候也特别蓝。"

"济南还不太行。"

"不过也好一些了。"

"你什么时候去的北京？"

"这几年都在。"

"我前几年有项目在北京，在那里待过。北京的冬天是真冷。"

"以前不觉得济南的冬天暖和，现在知道了。"

两人笑起来的时候，服务员端来小菜迅速铺满桌子。于好没客气，交代了一句"实在是饿死了"就夹了口泡菜吃。蒋婷看到他放松的状态内心是欣慰的，她也已经尽力让自己显得不把这当一回事了。其实是她一直在说服自己，见个面吃个饭并没有什么，它不会带来什么，也不会改变什么，吃完这顿饭，两人还是会像以前一样在两个城市继续过各自的生活。最糟的情况也不过就是现在，不过就是从前，只要不抱希望，就不会失望。蒋婷把点菜的任务交给于好，于好很快点妥，像是常来的样子。他的那种熟练妥帖不知道是这些年职场中训练而来还是拜历任女友所赐，总之经过这中间真空的十年他们一定都有了许多变化，而这些变化的——揭晓一定是件惊险又令人心碎的事。

点完菜于好去了趟洗手间，回来问蒋婷借护手霜。护手霜是一件必需品吗？这让蒋婷第一次产生了这样的想法，并且想着晚点一定要去买一支。进而她又发现，她顶着大素颜来赴约，在对方眼里不知道算是特立独行还是不讲礼貌。就算是被认为特立独行，他是否会欣赏这一类的特质？在那之前，她竟然从没想过这些问题。蒋婷也准备起身去洗手，等会儿要手拿生菜叶包烤肉吃。可是，这种轮流去洗手间的环节隐约把她带到了以前谈恋爱的时候，确切地说是恋爱初期，约会阶段。每个人都要在洗手间待好长时间，检查仪容仪表，确保自己在对方面前始终保持完美的形象。这个过程极尽做作，等待的那个人也心知肚明，但好笑的是，它偏偏又给人期待。于是蒋婷没有起身，而是从包里找出湿巾擦了擦手。

　　周六的恒隆广场是一个亲子游乐园，冬天少有人在室外游玩，商场就成了与家人朋友共度周末时光的最佳去处。据蒋婷回忆，其实在她小时候就是这样了，她周末总能在泉城广场地下的康康快餐遇见她的同学一家。在学校里他们从不说话，在外面遇见了两家人却要打招呼寒暄。人们好像从来也没有别的去处。只是在那个前互联网时代，大家真实地在购买，而现在，一间间店铺就是一个个景点，琳琅满目的商品在日光灯下散发着光芒，但可惜它们只是装饰，不是诱惑。这些年大家渐渐失去了在实体店购物的习惯，实物就摆在面前，却觉得它们和自己无关，只是那种被商品包围的美好感觉似乎又能给人真实的快乐。而只有餐饮业有真实的生意，一到周末的饭点，商场里的餐厅家家排队，不管好吃不好吃。

隔着一个隔板，右边邻桌是一家四口。大点儿的孩子伸头往于好他们这桌看，母亲呵斥她，别往人家那边去，你有多动症吗？于好和蒋婷像是被一起呵斥了一样，尴尬得想笑又不敢笑，似乎对小孩子感到抱歉但又无能为力。他们和那对父母的年纪差不许多，他们的同学中大部分人也都过上了这样的生活，但他们俩就是没有，在家乡的同龄人中已属异类。特别是于好，一直没离开过济南，有车有房事业稳步上升，当蒋婷联系到他发现他还是单身的时候，也感到十分意外。隔着过道，左边桌像是四个大学生，其中一个是外国人，或许是韩国人，他对面的两个朋友用磕巴但高亢的英文和他交流着，旁边安静的该是他的女友，这桌总会因为蹦出的一两个词就爆发出巨大笑声，所有的笑点都来自这些因为简化了表达而产生的意外效果。蒋婷和于好就在周围欢笑声和哭闹声的夹击中对视着，想着他们该说点什么。

　　炭火来了，他们之间暖和了点。蒋婷问了于好周六是否都要加班，他回答说年底了比较忙，平时还好。于好问了蒋婷周末都干吗，她想了想回答说，看书? 看电影? 她注意到了于好的表情有点细微的变化，但也不好询问，只得继续说，好像平时也这样，这些已经变成了工作，但要说娱乐，除此之外好像没有其他的娱乐方式了，通过其他方式也很难获得真正的娱乐。于好推荐了剧本杀，说你会看得上剧本杀吗，就是得挑本儿，挑到好本子还行，有的本子非常精彩刺激，但有的就不行，好本子也不是很多，去之前看看网上的评价。蒋婷问剧本杀不是要好多人一起玩的吗，于好说可以几个人一起去，也可以了和别的玩家拼。蒋婷反问你们玩剧本杀玩的是什么，推理？表演？还是社交？于好回答说是把线索拼在一起最后得出真相的爽感吧，语气不太确定。但一切都是设计好的啊，你逃不出这个剧本。就在蒋婷要脱口而出的时候她想起于好刚才提到剧本杀，说的是，你会看得上剧本杀吗。原来她早就给他留下了一个挑剔的印象，于是把话咽下。她是一个挑剔的人，但她自认为能看到她这一面的人不多，从这点上来说，于好是迈到了她为自己的小小朋友圈划定的那条线之内的人，她的内心升起一点复杂的满足。她说下次可以一起去玩啊，于好回答说好，但是他的"好"又听不出是答应还是附和，仿佛他也拿不准蒋婷的提议是真的提议还是客套。

　　服务员的到来再次打断了他俩的交谈，也刚好给了他们休息的机会。她把一块厚厚的五花肉放在烤盘上，然后调节排烟管的高度，随后她就站在桌边，一边环顾周围几桌一边等待着将肉翻面。蒋婷和于好盯着那块肉，看它在烤盘上滋滋作响，似乎过了好久肉香才开始伴着油烟散发出来。不远处有一桌把服务员招呼走了。他俩同时抬起头，面露担忧。于好拿起夹子，把肉提起来看了看，接着翻了面。等服务员回来看见肉被翻过了，质问他们怎么动了，肉不能翻得太频繁，这样肉汁会流失。可是你不在啊，我们哪里知道。蒋婷反驳，但用了尽量温和的语调。三人再次沉默，服务员全神贯注在肉上，于好和蒋婷相视交换了眼神。

服务员在时他们无话，等她把肉剪好分给他们，两人才像被允许吃饭的小孩儿一样拿起筷子，跃跃欲试。蒋婷夹起片肉，蘸了烤肉酱吃下，肉质有些硬，肥的部分也有点腻。这时候于好刚刚按步骤包好了一个完整的生菜包，蒋婷看着他把整一团塞进嘴里。她直接问，是肉的问题还是烤肉技术的问题？于好半捂着嘴边嚼边笑。等他全部咽下，说你试试按照这个说明上的弄一个，应该……还行。于是他拿起片叶子放在左手上做示范，蒋婷照做。他夹起一片肉，放在调了芥末的料汁里浸了浸，然后蘸了些烤肉酱，她照着把肉处理好放在叶片上。他又加进萝卜丝、蒜瓣儿、辣椒丁、拌生菜。她问怎么还要在生菜里包生菜，他说那是不一样的生菜。她照做了，然后把这些肉和菜努力包成一团，一口吃下。两个人各自扭过头去咀嚼着，时间又变慢了。

"怎么样？"于好看上去十分关心。

"好一点。"

"是吧?！"

"但是和肉无关。"

于好被逗笑后，彻底加入了吐槽的阵营。他们分吃并吐槽了油乎乎的牛五花、湿乎乎的石锅拌饭以及还不算那么难吃的冷面等等。其实吃什么根本不重要，蒋婷是这么认为，她看着于好一边吐槽一边把盘子里的东西吃光，似乎又感觉到了这个人的一点可爱之处。因此，其间由于好发起的那些话题，比如三体、周易、占星学等等，虽然都不在她的兴趣范围之内，但她都饶有兴致，起码是让于好觉得她是饶有兴致地听下去了。多年未见、生活没有任何交集也没有共同兴趣爱好的两个人见面该聊点什么好？总该聊点什么，于好一次次发起话题，说得口干舌燥，不停喝水，蒋婷除了感激，还是感激。

"水逆，就是水星逆行。每个行星都会逆行，但大家知道得最多的是水逆。"于好一边说一边不由自主地用手比画："行星逆行，不是说它们真的倒着走，这是不可能的，只是在某些时间内行星运行的速度和角度我们在地球上看，像是逆行了一样。"

"哦，我还以为逆行，就是真的'逆行'呢。"

"那不可能。是一种视觉偏差吧，角度的视觉偏差。因为水星是距离太阳最近的一颗行星，也就是说它的轨道比地球的要小对吧，并且它的速度大于地球，所以呢在一些时刻水星会赶上地球并且超过它，我们在地球上看就好像它往回走了一样。"

"哦，明白了，套圈了？"

"差不多是这个意思，水星跑一圈的时间地球跑不了一圈。所以水星每三个多月就会逆行一次，一次二十多天。"

"我说怎么老是说水逆水逆，没完没了。"

"不是因为总水逆不完，是每年有三四次水逆。像天王星海王星冥王星，一次逆行就半年，其实我们感觉不到什么的。"

"那水逆究竟有那么可怕吗？现在好像什么事都能怪到水逆头上……"

"不光是水逆……总怪水逆是因为人们最熟悉'水逆'这个词而已。"

"不光是水逆……"

"别怕啊。具体说来，因为水星是掌管智力、交流还有通信的行星，所以这些方面可能会受影响。有些人会有明显的感觉，比如电子设备失灵、口齿不清、词不达意……或者容易和人发生口角。总的来说行星逆行会影响人的情绪，因为是逆行嘛，可能就会把过去的事，或者说隐藏的事翻出来，重新大白于天下。"

蒋婷吸了一口气。

于好笑了下，继续说："但这也可能带来好的影响，比如，我听说过的，金星逆行的时候，以前伤害过你的人可能会来向你道歉，前男友前女友可能会突然来联系你……"

"这究竟是好事还是坏事？"

于好又笑，不置可否。当他把笑容收起的时候，又恢复了完全客观的语气，继续说道："所以还是因人而异吧，对每个人的影响不同。"

"取决于什么呢？"

"取决于每个人的星盘，那个逆行的行星落

在你星盘的什么位置。"

"这我就听不懂了，但不管啦，你说，星座这个事吧，一个人出生的那一刻，天上的星星的位置决定了这个人的一生，这听起来合理吗？"

"这听起来多合理啊。"

"宇宙那么大，星星那么远。"

"这之间存在着能量，能量会相互影响。"

"如果是能量的话，我大概能理解。但是，就是说，如果是天上的星星决定了你的人生，就像每个人一出生就拿了一个剧本。"

"但这个剧本是你自己选的啊，你决定在那一刻你要出生了。"

……

话基本都是于好在说，菜也基本是于好在吃，蒋婷积极投入地听着，也不住在心里衡量。她是有些话要和他说的，也有些话她想听他说，那些都是关于他们自己的。宇宙那么大，星星那么远，现在他们好不容易相对而坐，她不想让那么遥远的东西占据在他们之间。但话又说回来，他们之间其实也并没有非说不可的话、非见不可的面。如果有，不会中间隔那么多年。或许半年前就是因为天上的某颗星星逆行在作祟吧。行星逆行，让情绪翻腾，把最内心的东西抖落出来。可是，她最内心的东西究竟是什么呢？于好提到这些，是否想暗示些什么？但从他的反应来看，他似乎也只是在讲一个占星学的知识，并不想就此引申到他和她之间。关于他们如何看待彼此、如何看待他们的关系，蒋婷还没有答案。炭火在中间燃烧着，他们的脸被烤得泛红。蒋婷想她还需要一些时间，于是提议一会儿吃完饭出去走走，她说她想去王府池子。为了让她的提议显得更加合理，她还绘声绘色阐述了一大段：

"你知道我是怎么知道王府池子的吗？就是那种民生新闻里，经常报道有人在王府池子里游泳，电视台告诫广大市民朋友：池水看着浅，实际却很深，十分危险，严禁游泳和垂钓。但是你知道吗，那画面看着正相反。前两天我还看见报道冬泳的，男的就直接在池边换衣服，女的需要有人帮着遮挡一下，总之一派热火朝天，记者过去根本没人理。那个记者最后采访了一位刚游完泳上来的大爷，那大爷皮肤通红，看着就像浑身散发着热气，记者问他冷不冷，他说不冷，舒服，说完就走了。"

于好说好啊，正好我也没去过。他答应得过于快了，像是看穿了蒋婷，这让蒋婷甚至有点懊恼。

隔着商场的玻璃门就看到外面飘雪花了，不

断有人进来躲避。他们穿过人群推开门走出去，扑面而来一股清凉。身上还很暖和，所以并不觉得外面多冷，冰凉的空气让人清醒。蒋婷问，我们还去吗？于好说，走走吧。口中也是清凉，于好准备了口香糖。他一定谈过很多恋爱，一定知道如何当一个好男友。或许这就是他的问题所在。他可以做到一个好男友应该做到的一切，但做这些并不一定出于他的真心。这不是虚伪，而是一种策略，通过把他应该做的都做了、都做好，希望来换取一个好的结果。这当中最大的问题是，他是不是真心只有他自己知道。他可以骗过别人，是否也能把自己给骗了？人为什么就不能诚实一点？起码对自己诚实一点？

　　他们穿过泉城路往东走着，两个人谁也不知道王府池子的确切位置，只有个大概方向。雪花不断从天上飘落下来，抬头看，就会觉得天特别低，起码没有晴天时那样遥不可及。雪落在肩头，落在围巾上，蒋婷看了一眼于好，这才发现他穿得很少，一件薄毛呢外套，里面的毛衣应该也很薄。她问他冷不冷，他说还好，刚才吃饭的时候太热了，正好凉快一下，说完缩了缩脖子。行人都在赶路，或走到路边打车等公交，只有他们两个人像是在漫游，往远离大路的方向走去。

在珍珠泉大院门口，于好看了一眼手机地图，说我们应该往西走，刚才其实可以从芙蓉街穿过去，那应该是最近的路。蒋婷说咱们往这边走不就是为避开芙蓉街吗，芙蓉街怕是全市她最讨厌的一条路。这样说也不准确，她马上更正，也称不上讨厌，讨厌其实是一个感情色彩强烈的词，你得有强烈的感情才称得上讨厌，她只是想避开那种路。

于好一脸不可思议，说："一条街而已。每

个城市都有一条这样的街。"

"对，每个城市都有自己的南锣鼓巷。"

"也没什么不好。"

"但你会去逛吗？"

"如果是游客的话可能会去。"

"可你逛什么呢？你不觉得这种街上的商店、小吃，不管在哪座城市，都是一模一样的吗？"

"是的。"于好笑着说。

蒋婷知道于好的笑是不想再争论下去的意思。不知道怎么他们又争论了起来，不知道为什么他们每说到一个话题都会有分歧。以前和别的朋友聊天大家通常都意见一致，你一句我一句变本加厉，聊完每个人都心满意足。无伤大雅的争论似乎变成了她和于好的主要交流方式。蒋婷的第一反应是他为什么总是要反驳我，总是和我的意见不一致，后来她意识到或许是自己的问题。

如果是生人，她是不会和对方争论起来的，在她看来完全没必要，隐藏自己的观点就好。她忘了经过这些年，大家都已经长成了全新的人。别忘了人全身的细胞七年就会全部更换一次。也不能说她完全没有意识到这个问题，只是，她不想这么看待这个事。如果是这样，如果大家都成了没有过去的人，那么我见你，和我见刚刚经过的那个路人又有什么区别？但起码，她是信任他的，显然他对她也没有任何敷衍。那么，一个人为什么会天然地信任另一个人？又或者，一个人为什么会天然地不信任一个人？这是否也属于玄学的范畴？

为了缓和气氛，也为了示好，蒋婷要赶紧找点话说。她朝后指着背街的一角说："刚才咱们路过的地方，以前有个三联书店，我上高中的时候总来。"

"是吗，我不知道。"

"你当然不知道了，那时候你大概都在打游戏吧。我也不知道我当时是怎么知道的，可能是班里有同学来过。三联书店在这儿的时候是最好的，很小的一间，但是书都摆放得很讲究。你可以直接从书架上发现自己不知道但是会想要看的书。"

"那不就是现在的'猜你喜欢'？"

"有点那个意思，但也不完全是。那种书的摆放更像是把一个知识体系实体地摆在你面前。"

"厉害。"

"是呀，你可以直接在书店学习，一个小书店相当于一所大学了。"

"那也是对于爱学习的人来说。"

"那倒是。"

"我现在也看书。"于好的声音显出羞涩。

"我知道。"蒋婷转头看了一眼于好，眼神里一半挖苦一半善意。她继续说："后来他们搬去了泉乐坊，再后来搬到了山大附近，书店的面积扩大了，但是那股精气神儿没有了。书摆得也潦草，人也越来越少。再后来就彻底关门了。"

"可惜了。"

"是呀，不知道怎么回事。后来济南再也没有一家像那样的书店了。"

"应该也有吧，独立书店嘛。"

"有是有，全都是花拳绣腿。"

于好只笑，没再说话。

蒋婷说："当然也可能是我不知道。现在都没有兴趣去探索这些了。"

他们拐进了一个窄道，大雪倾泻进窄道里，这样走下去，一直走下去，会不会被大雪埋在这里？蒋婷看了一眼于好，对方眼里有和她一样的兴奋。透过漫天的雪花，她才发现路两边是古旧的平房，脚下是石板路，院墙里冒出的树尖上也全白了，像顶着白花。这里是古老的济南，城里那么狭窄，城外又那么宽敞，城里被封在了时间里，城外早已高楼大厦斗转星移。周围没有一个人，每一户的门都紧闭着，绝对寂静，要不是于好在身边，她会被眼前陌生的世界吓坏。

在路的拐角处有个很不起眼的小池子，于好先发现的。雪一落到水面就消失了，从水底往上冒着小泡泡。于好指给蒋婷看，她凑过来，只见那些小泡泡晶莹细小，连成一串，因为它们太小了太轻了，显得脆弱又固执。

"原来以前真的家家泉水。"蒋婷小声感叹。

"听说以前随便掀开一块地砖就会有泉水涌出来。"

"原来是真的。"

他们不仅为眼前的景象而惊奇，也为自己从来没有来过这里而惊奇，就像这里是他们经历了某种时空扭曲而误闯的平行之地。但它又是真真实实存在于他们的世界的，一直在那里，只是他们以前不知道而已。

他们继续走，雪小了些。没人再说话。感谢没有人说话。他们也终于不需要用话语来填满共处的时间。他们终于都放松了一点。

在三次错过一个路口而没有拐弯、蒋婷越发不相信那么大一片水会存在于这种窄巷内、于好四次拿出手机确认方位之后，王府池子终于出现在他们眼前。基本和电视上一样，石砌的围栏围成的近乎正方形的池水，不算大也绝对不小，周围是灰色或白色低矮而错落的房子，这样一来，房子像是布景，池水是舞台，落雪就是幕布。能听到水划动的声音，有人在里面游泳。他们走近，墨绿色的池水上有白气若隐若现。

原来是真的。

原来课文里是真的。

"那水呢，不但不结冰，倒反在绿萍上冒着点热气，水藻真绿，把终年贮蓄的绿色全拿出来了。"

他们走到池边往里瞧，穿过薄薄的白气照出他们的影儿来，两个圆圆的脑袋，几乎一模一样，区分不出彼此。

后记：难免心虚笑场

　　我写完小说会发在豆瓣上，除了零星的来自朋友的点赞，有时会收到一些写作小组的私信。他们邀请我加入，和仍在写作这条道路上坚持的朋友互相劝勉，共同进步。我不知道该怎么回，想着我不是新人，我只是没有名而已。

　　这么说劲儿劲儿的，但这些年我好像一直是这种状态，自己也有点乐在其中了。坚信我写的没问题，只是还没有被大家读到。这样一来，我就拥有了无限的创作空间和不被打扰的创作思路。写出来，把生活经验以一种叫作"小说"的结构固定在纸上，对我来说，或许是想要抓住那些稍纵即逝的感受的唯一可行尝试。

写出来要不要给人看，要给多少人看，这其实不是问题，真正的问题是人家为什么要看。这是我一直试图想明白的问题。阅读是需要花时间的，为什么我的故事就可以占用别人的时间？有什么是非读不可的吗？我是很难为情，越真诚越难为情，把我的心掏出来给你看看？何必啊何必。

也很少直接谈写作。阿巴斯说一个导演只有在拍电影的时候才是导演，那么一个作家也只有在写作的时候才是作家。甚至都不是。不是写作的人都能被称为作家。所以不敢声张。一个人说出来的东西要多么在点上才配得上那种严肃的态度，我不行，难免心虚笑场。

所以，如果不把写作视为一个职业，还写什么？还有没有必要写？曹寇，我单方面认的老师，对我最多的指导就是，"你又不非靠这个赚钱，你写它干吗？"后来和朋友交流，我说我老师真的懂我，让我写不出来就算了，朋友说，这不就跟对家庭主妇说你不用出去工作家里也不靠你赚钱一样吗？！我醍醐灌顶。不过我也懂得曹寇的意思啦，要为自己而写。人只活一次，让一切在还没有想明白时就这么白白流走，我不安心。

我把自己归入韩东老师说的"把真的写假"那一类作者。"真"是我动笔的起点，生活中最有价值的东西本来就在那里，虚构只是对现实的回应；"假"是作品作为文学成立的条件，它是作品超越现实的部分。没有超越就无所谓作品。写小说终归是一门技艺，要以技术水平示人。对几个基本却又难以把握的概念进行长久的探寻，永远在简单与复杂、具体与抽象之间寻找着微妙的平衡，尽可能清晰地表达含混之物，力求用最简单的语言说出最难以说清的事，这是我对写小说的理解。写小说是建房子，营造空间，真正重要的不是那些墙体，而是空间中流通的空气。所以，建筑有多难，写小说就该有多难。我是抱着这种心态写小说的，希望不是自己吓唬自己。

谢谢慢三，谢谢他在没有人看到我的时候坚定认可我的东西。现在想来还是有点不可思议。

谢谢我的好朋友、前同事邹熙和石佳，谢谢她们曾在我一份工作刚入职时就主动接近我，给了我无私的帮助，真是奇妙的人奇妙的缘，没有她们也不会有这本书。

最后谢谢中信春潮那些不好意思在后记中透露姓名和我暂时还不知道姓名的小伙伴们。

宿颖